银风铃丛书

张炜 著

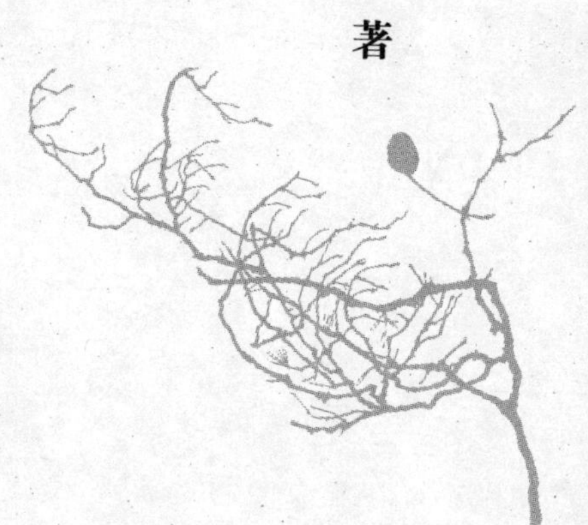

旅行笔记

山东画报出版社

图书在版编目（CIP）数据

旅行笔记／张炜著．—济南：山东画报出版社，2004.9

ISBN 7-80603-944-9

Ⅰ.旅… Ⅱ.张… Ⅲ.游记－作品集－中国－当代 Ⅳ.I267.4

中国版本图书馆CIP数据核字(2004)第038072号

丛书策划 吴 兵
责任编辑 吴 兵
装帧设计 王 芳
出版发行 山东画报出版社

社　址　济南市经九路胜利大街39号　邮编 250001
电　话　总编室（0531）2098470
市场部（0531）2098042（传真）2098047
网　址　http://www.sdpress.com.cn
电子信箱　hbcb@sdpress.com.cn

印　刷 山东人民印刷厂
规　格 150×228毫米
6印张　16幅图　130千字
版　次 2004年9月第1版
印　次 2004年9月第1次印刷
印　数 1-8000
定　价 14.00元

目录

国外游记

国内游记

国外游记

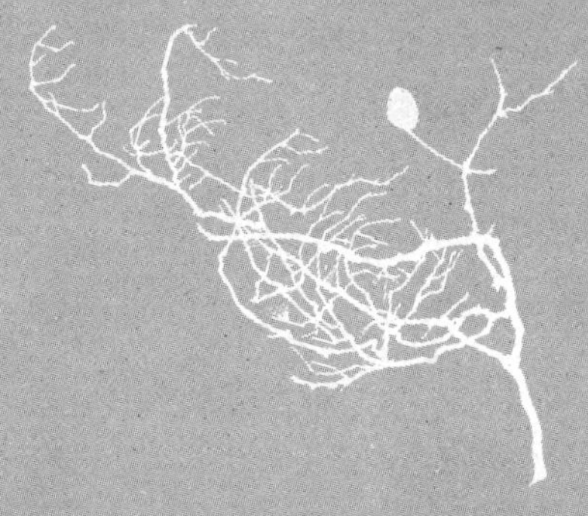

梦一样的莱茵河

它流动在欧洲的土地上，流得格外响亮。河水的喧哗声响彻东方。当我走在这条河的岸边，面迎着湿漉漉的风，却驱赶不掉梦一般的感觉。

看看欧洲，看看欧洲的河。

我从胶东西北部小平原起程，来看看欧洲，看看欧洲的河。

它肯定没有我原来想象的宽，苍绿的水面，翻着波浪，一艘艘货轮和客船在河道中奔驰。河两岸是大大小小的城市，遮满了绿色的青山、蓊郁的森林。这里游人很少，真可惜了绒毯似的草坪，可惜了这滋润的气息。一株挺拔的丝柏，立在茵茵草地，远看像喷涌直上的浓烈烟柱；而鸽子和野鸭比人多，一群群鸽子落在堤岸的草地上，我向它们走去，它们向我走来。野鸭子待在游船小码头的木踏板上，我走向踏板，它们专注地看着我。淡淡的水雾流动在河面上，使这条大河看上去更妩媚也更安静了。

我不能不去暗暗比较东方的河——那些无比亲切的、各种各样的、闻名于世的和默默无闻的，尤其是芦青河。芦青河河道也许还要宽于莱茵河，它以不可阻挡之势，在几千年前切开了胶东屋脊，奔向渤海。可是有多少人知道芦青河呢？我爱芦青河，也爱莱茵河，

在这平等的爱之中，我心里滋生的是些什么感触呢？一丝惆怅，一丝委屈，抑或一点点愤愤不平吗？

一天黄昏，我与同行的诗人Z迈过波恩铁桥，在河的另一岸漫步。我们去看一棵茂盛的丝柏。因为在河的对岸观察它，它直冲九霄。踏过一片草地，穿过紫荆树和杜鹃花交织的小径，走到了大树下面。它的枝条一致向上举着，连每片墨绿的叶子也向上举着。整个树是一支巨大火把，照亮了宽阔的河面。它燃不尽的油性，我相信是来自这油汪汪的河。

暮色里的莱茵河如诗如画。一条河的美丽除了它本身的壮观，更重要的大概还要依赖于两岸的景色。河行千里，山谷和平原都让河脉串为一体了。举目望去，变化多端的峰峦、密不透风的树林，覆盖了一切的草地，一切都让人感到一种特别的欣悦。我觉得人在这种环境中生活更容易心境平和，滋生出一些美好的想象。大自然是那样地与人贴近，人在大自然的怀抱中，大自然也在人的怀抱中。我想这时如果有一个调皮的摄影师走在河边，扬起他的摄影机，无论从肩上、胳肢窝下、背后，甚至低头倒立，只要随手一甩，按动快门，就会产生一幅很好的风光照片。

莱茵河滋润了欧洲。

芦青河滋润了华东的那片平原。

在我童年的记忆中，河水是清澈的，水下的卵石和小鱼都看得见。河边是野椿树和槐树，是一望无边的荻草。有一次我翻过河的入海口处的沙堤，一眼看到的是随地势起伏的绵延辽阔的茶花——它们雪白一片，迎风飘荡，真正是如火如荼！这条河留给我的是无限的思念，是一生的温馨。我后来离开了它；再后来无数次地跨越这条河，看到它慢慢变得浑浊，水流正向中间萎缩……但我心中的河，却依然是清明闪亮的，它永远被一片绿色簇拥着。芦青河，你不可改变，你不可干涸，你必须一直生机勃勃！

可怕的是它真的在干涸、变浑。由于大量砍伐树木、开垦荒地，水土严重流失。河道里隆起一处处沙丘，河水要在这些沙丘间蜿蜒。它裹挟着那么多泥沙，负担沉重，于是就将其堆积在河床上。我曾满怀希望地去寻找童年的野椿树和无边的茶花，还有那油绿深邃的丛林。结果一切都没有了。我在河边的荒地上、在松软的沙滩上漫无目的地走着，觉得自己突然间变得一贫如洗……使我振作起来的是不久之前的事情。那时我又回到河边，终于看到了大片大片新植的小树苗，还看到了堤下的草坪、刚刚围成的花坛。那会儿我兴冲冲地沿河堤一口气走了十几里路，想象着明天的河，寻找着昨天的河。我知道一切都在开始。这一切做得晚了点，但终究还是做起来了。

莱茵河暗绿色的波涛拍着河岸，送来一股奇怪的气息。多少船只来来往往，从高大的铁桥下穿过去。船上彩旗在风中一起抖动。汽笛声低沉短促，像是怕惊扰了两岸的沉睡。河水传来的那股气息，我渐渐明白了是工业大都市的气味。河上还有多少波恩这样的铁桥？不知道。我从桥上走过，总是对箭一般驶过的车辆有些担心。大桥的人行道很窄，行人走到弧形桥面的最高点，可以强烈地感到它在颤抖。再低头望望下面，河道正像桥面一样繁忙急迫，航船如梭。这是一条充满了旋转、追逐、摩擦的河流。

我同样想象不出莱茵河的昨天。它像我记忆中的河流那样宁静淳朴、充满了天然野趣吗？我想会的。两条不同的河流之间有什么在联结着。它们都有过昨天，也都会有明天。莱茵河是否干涸过、荒芜过？它像东方的那条河一样生长着，变幻着，终于成为眼前这样的河了吗？

一切都像梦一样。我与Z诗人去看过的丝柏挺立在草坪上，它的沉默使我一阵阵惊讶。有一位荷兰大画家多次描绘过它，如今它就在这河畔上燃烧。有时我又觉得它就是东方那条河岸的野椿树。它那么陌生，又那么亲切，一如它守护的河流。我不得不承认，我更喜欢的还是那条童年的河，那条河里洗净了多少调皮娃娃身上的尘土。它更容易让人亲近，让人理解。它的美是不加雕琢，也不被扰乱的。它的波涛上只有白帆，有欸乃之声，有老人和孩子的笑声。牛在岸边哞哞长叫，羊从堤坡上小心地下来喝水。

波恩大学的K教授与我一起沿河走去时，和我谈了很多莱茵河的事情，使我吃惊。比如说，这河里就看不到一个游泳的人。那不是天气的关系，而是人们惧怕污染过的河水，认为在这条河里泡过会生皮肤癌。波恩人幽默地说："莱茵河如今可以用来冲洗胶片了！"那意思是它的化学污染严重。这条河流经几个国家，沿途几个化工厂毁掉了河水。K教授说如今已经没人敢吃河里的鱼了，尽管淡水鱼味道鲜美。这是真的，因为我在波恩期间没有吃过，也没有看到销售淡水鱼。显然，现代生活已经如此严酷地改变了一条河。欧洲的文明也没法解决污染问题。虽然这里的水还算清明，不像东方的有些河流那般浑浊，但这里正在开始的，是一场无色无味的毒化。这更可怕。

我把K教授的话告诉了Z诗人。他说：我们的黄河跳进去洗不清，可你洗吧，保证没事！这条河（莱茵河）可以洗得清，不过谁敢去洗呢。事情真是奇妙得很，看上去不怎么干净的，倒很卫生。不过我想明天的黄河，谁也不敢说怎么样，正像芦青河经历的变化让人感到莫测一样。每一条河都有生命，都在成长和更新。似乎每一条河都要经历那么几个阶段，告别一个阶段，就同时告别了一些欢乐和痛苦。我们没法自由选择，悲怆地遵循了铁一样的自然法则。

我在波恩住了两次，共一周多的时间。可当我以后回忆欧洲之行，首先想到的，却是莱茵河。我永远不会忘记湿润的河风给我的难以言传的感觉，忘不掉一个东方青年心中的波涛。河风将我的头发撩起来，我迎着风往前走，一直走下去。早晨的太阳和晚上的太阳都映红了大河，可一个是火热的，一个是宁静的。我在河边沉醉，畅想，流连忘返。可这一切带给我的又绝不仅仅是欣赏的轻松和愉悦，而是更为复杂难言的心绪。

第二天就要动身去汉堡了，那时又将看到欧洲的另一条大河，易北河。我久久地走在莱茵河边，我想此刻远在东方的朋友和亲人，你们知道我现在看到的是什么？是一株普通的树、一片熟悉的草、一道石砌的河堤……什么都不陌生，什么都不奇异。我们的土地上也有这一切。我们保护它们，并让它们壮大、繁茂。绿色不仅仅只是荫护欧洲，河水也不仅仅只是滋润欧洲。同样，东方那些淳朴的河流，也该强烈地、意味深长地吸引欧洲的想象。晚霞的红色又铺展下来了，大河像少女一样羞答答的。鸽子轻灵地落在我的前方，我向它们走去，它们向我走来。野鸽子也看到了我，它们总是神情专注。我伸手向它们、也向莱茵河摇了摇手。

这是否是告别的手势，我也不知道。我只知道在举起右手的那一刻，心中充满了温暖和宽容。我想我多么喜爱这些小动物、小生命；我会动手植树种草，而对它们永不伤害。我知道还是莱茵河两岸的浓绿，才使人多多少少忽略了它的纷乱。绿色，还是绿色；没有绿色，也许人类会疯狂的。

我最后一眼看到的，还是那株枝叶向上的大树。它从茵茵草地上长起来，直冲云霄。我还是原来的印象，觉得它像喷涌直上的浓烈的烟柱。

默默挺立

从法兰克福乘车到波恩，心情异样地激动。车子在高速公路上飞速行驶，两旁不断出现森林、起伏的草地和麦田。偶尔有一块油菜花嵌在田野上，明亮耀眼。这里看不到一处裸露着的泥土，一切都在尽情地生长。林子里，早熟的各种果子已经泛红，鸟儿在枝杈深处呼叫应答。一阵雨水冲刷着马路和林木，使这个世界纤尘不染。我们的车子飞驰着，不断把人带入崭新的境界。

从飞机上俯视这片土地，给人印象最深的是绿色占去了绝大部分面积，而一座座城市和村庄只是夹在大片绿色的缝隙里。绿色在这里成为最主要的色调。我从哈尔滨飞往北京，看到的情况恰恰相反。这条飞行路线是较好的绿化地带，但给人的感觉是绿色只算点缀。欧洲这片土地得天独厚，气候湿润，雨水充足，任何种子都可以在最短的时间里鼓胀起来，伸展叶芽，疯狂地生长蔓延。于是山不见石，田不见土，连高大雄奇的建筑也给遮掩起来了。

这个国家面积不大，山水有限。但由于一切都被茂盛的植物遮盖了，绿荫婆娑，就让人觉得奥妙无穷，意味深长，也分外含蓄。我们的司机H是一位顶呱呱的司机，可他的本来职业是一名记者。H先生沉默寡言，他见我们一路上十分高兴，也就一直微笑着。

一路上大家的眼睛一直注意看两旁的树木，贪婪地饱餐田野的秀丽风光。很多树种似曾相识，但又叫不上名字。有一种红叶树红得人心里一动一动，谁见了都要脱口喊一句："哎呀，快看！"黄色的、浅绿的、紫红的，任何色彩镶在深绿色的丛林中，都会让人眼前一亮。H先生满意地微笑着。

我突然看到了一片棕红色的高大树木，像是一种奇异的松树。它们默默挺立在山坡上，一动不动地，别有一种风韵。我伸手指向窗外，说："你们看！这种颜色的树……这么大一片！"大家一齐转脸去看。与此同时，H先生鼻子里哼了一声。我看见H先生的脸色略有阴沉。翻译同志告诉大家：H先生说那是死去的一片松树——它们是被酸雨慢慢淋死的。目前，这个国家的大片土地都面临着酸雨的威胁。你们还可以看到很多这样的树，很多。

我以前看过关于酸雨的报道，印象不深。它没有在头脑中化为形象的东西。而今天，我再也不会忘掉酸雨了。我知道了它有多么可怕。如果酸雨继续出现的话，那么整个大山不是要慢慢光秃吗？酸雨是死亡之水。

车子向前，我们接着又不断地发现一处处死去的松树。它们死去了，但并未倒下，只是枝杈僵硬，默默地站立着。这种无言的站立，这种沉默……有一种可怕的东西传递出来。

如果想象一下它们当初仰脸向天迎接雨水的情景，会是很动人的。可酸雨首先使它们失明，然后是残酷的剥蚀。最后的时刻来到了，它们终于没有来得及与人们告别。实际上也无需告别。因为酸雨的创造者不是天空，不是上帝，而是人类自己。

我们到了波恩，又到汉堡，到大大小小的城市，到阿尔卑斯山下……到处都是一片浓绿。可见这个国家在环境保护方面用心良苦，这里到处有劳动的血汗，有长远的眼光，有一切尽心尽力的痕迹。

非常重要的是，从这一切可以看出这个民族的宽容，对大自然其他生命的尊重。鲜花是生活中绝不可少、最为珍贵的。对一个人的敬重，莫过于向他（她）献一束鲜花。那么看吧，花店处处，芬芳四溢，橱窗、街心、山坡、阳台，到处都是用心培植和任其生发的鲜花。一株嫩芽、一棵小草，只要是绿的、有生机的，就会得到保护。一个人走在蓬蓬勃勃的树林和花草之间，会感到安宁和坦然。失去这一切，我想心灵深处一定更容易荒芜。在这儿，在欧洲的这片土地上，就是这样的郁郁葱葱，一片苍翠。

可也就是在这片土地上，我看到了一片片死去的高大树木。它们默默挺立。

它们告诉你绿荫遮蔽之下，还有另一个欧洲。

这儿物质丰富，工业发达，科技先进，很多人生活得又惬意又条理。可是人与自然的关系是世界上无数法则、无数关系之中最重要的一个，如果这方面出现了严重问题，其他所有方面的条理都显得微不足道了。如果人类文明与地球灾难一块儿发展和扩大，这种文明最终就会将世界引向死亡。也就是说，人们到了再一次调拨生活的罗盘的关键时刻了。你在这调拨中会进一步审视人类迄今为止的一切行为，重新权衡与大千世界密切相关的所有事物。你会认识到，对大自然的绿色生命仅仅是一般的爱还远远不够，仅仅是一般的保护也无济于事。

酸雨在世界的好多角落都降落过。但它只有降落在一片浓绿的土地上，降落在最懂得保护自然的现代人身上，才显出了真正的残酷无情。

我忘不了进入鲁尔区的情景。鲁尔区是联邦德国的工业发达地带，是发生经济奇迹的地方。可是当汽车驶入这里的高速公路，两边的森林从车窗旁飞速闪过时，你会感到一阵阵痛楚。一片又一片

焦干的棕红色树木沉默在那儿，挺立着，无声无息。它们高大的身躯笔直伟岸，主干上伸向两侧的枝杈差不多都很对称。绿叶脱光了，成了一具多么完美的死亡标本。注视着鲁尔区的这些标本，任何人都会有一种悲壮的感觉。

核电站的巨型建筑矗立着；一些不知名的工业建筑群像山峦一样隆起。无数大烟囱插向云天；红红绿绿的各种线缆集成一大束，分别向四方蜿蜒。蒸汽喷向天空，很快漫成白云一样。雨水哗哗地浇下，鲁尔区的一切又在淋雨了。谁也不知道这是不是酸雨。雨中，大地一片寂静，连高速公路上的喧嚣也退远了。只有蜻蜓在雨丝中平稳地向前滑翔。

鲁尔区好大，森林的覆盖面也好大。我几次以为已经驶出了鲁尔区。但H先生总是摇头。快穿越鲁尔区吧。

H先生的眼睛注视着前方，从不看路边的景色。我一路上仔细端详着他，觉得他像一个老熟人。其实这是我认识的第一位欧洲朋友。他有一张看一眼就让人信任的面孔。这张面孔透露着坚毅和果决。我在想象着他、他的民族，想象着一个世纪以来东西方的一些重大变故和演化交流。一个民族有一个民族的总体性格，互相无法替代。人与人的隔膜和理解同样都是无限的。我眼中的H先生是质朴的，是把激情深深潜入内心的欧洲人。我相信他不用看也知道鲁尔区有一片又一片棕红色的大树矗立在绿野之中，他会怎么想呢？他正在思索什么呢？他的民族面对这一切，被轻轻拨动的是哪一根神经？起飞了的鲁尔区不会一直这样沉默吧！它也许首先肩负起人的一种庄严，表现出经济巨人的聪慧和气魄，力挽危澜，化险为夷。

但愿如此吧。

在遥远的地方，酸雨曾使一片片稼禾成为焦叶。山石上的植被洗光了，鸟雀飞向远方。我们面临着共同的焦虑，两片美丽的国土都洒上了死亡之水。但这些给人的启示又不会是相同的。每一片土地上抵挡灾难的方式都是不同的，有的有效，有的无效。不管怎么说，大自然已经在逼迫人类做出重要的反应。如果人们站在凄凉的田野上面容痴呆，麻木不仁，那么又将有苦涩的雨滴轻轻地洒上他们的额头。

鲁尔区即将穿越。大地明朗清爽，雨后的风从车窗吹进来。开阔的麦田波浪滚滚，金黄色的油菜花又在熠熠发光。森林闪在背后，大海就在前方，一块一块翡翠似的色快抛闪过去。一层层的林木在山岗上扩展开来，真正是无边无际。可这时，又一片焦死的棕红色大树出现了。

它们身躯高大，笔直笔直，默默挺立在山坡上。

去看阿尔卑斯山

我到了欧洲没有几天，心中就滋生了一个奢望。有一天我向同行的朋友说：“不知能不能安排我们去看看阿尔卑斯山？”朋友笑了。我知道他也想看，哪怕只看一眼也好。

东方人心中矗立的是世界最高峰喜马拉雅山山脉的珠穆朗玛峰。但他们也知道西方的名山，知道阿尔卑斯山的名气有多么大。这座雄伟奇绝的山脉西面起自法国境内，经瑞士、西德、意大利，东到奥地利。很多大河发源于这个山脉，像波河、罗纳河，还有莱茵河。

到了欧洲，不看看阿尔卑斯山可太亏了。

当时我们正在北海之滨，在汉堡。那是德意志联邦共和国的北部。而我们一直惦念的山脉却在这个国家的南部。

德国北部的秀丽风光，异地风情，一切一切陌生的让人应接不暇的事物，使我们一度把那座山的影子抛到了一边。但后来到了汉诺威、特利尔，又到了维尔茨堡，正一点点接近德国的南部著名城市斯图加特和慕尼黑。离阿尔卑斯山越来越近了，于是心底的那种兴奋之情又悄悄地泛了上来。

M先生是一家报纸的记者，访问途中一直为我们开车，同时又是天底下最棒的向导。他跟我们在一起玩得愉快极了，我们高兴的时候，他的蓝眼睛就溢满了光彩。他的英语说得不太好，常用的几个单词从嘴里飞出来，十分响亮。他告诉我们，车子再往南开，就可以遥望到一架大山了。

“什么山呢？”女小说家L赶忙问了一句。

M洪亮地喊道：“阿尔卑斯！”

棒极了，一切都要如愿以偿了。车子在南部山区飞驰着，公路两旁的景色更加秀丽。车内的人不可能感到疲倦，因为窗外吸引人的景致太多了。我们都觉得这儿比北部，特别是比中部还要漂亮。丘岭起伏，林草蓊郁，森林的气息越来越浓烈。在无山的间隔地段，隆起的漫坡高地被密密的绿草覆盖，呈流线型连绵数里，真是绝妙的画境。

绿色的原野上总能看到几只雪白的肥羊。它们好像专门为了点缀成画而来，洁净得纤尘不染。灰色的大盖木屋孤零零地坐落在草地上，每隔一二里就有一座，像童话里的建筑。后来我才知道这是贮干草用的房子。奇怪的是你如果用一幅图画去要求这儿的原野的话，就会发现缺了高地山坡不行，缺了白羊不行，缺了灰房子更不行。

简朴的村庄就在山岭旁边。村庄里除了教堂之外，一般没有太高大的建筑。几乎没有一座平顶房，房顶都比较陡，房瓦是红的或者灰的。小房子挺精神的。整个村庄像用清水洗涮过，洁净地呆在谷地里。从一座座城市中穿过，每到了小村庄的边上就感到亲切。它使人想到东方，想到东方的生活。这儿的宁静和自然，这儿的独特的气质，是在汉堡和不来梅那种城市寻找不到的。

我曾想象过小房子里的生活，想象这儿的农民怎样过日子。他们的土地上水草茂盛、庄稼油旺，羊和牛都肥得可以，小房子有的一层，有的两层，方方的隔开很多间。如果用我们习惯了的经验和标准来判断，他们显然舒服得很。

当车子傍晚穿过村庄的街道时，偶尔会听到悠扬的钢琴声。这时暮色一片，尖屋顶、木栅栏都沉浸在红润里。屋子旁边的花圃中朦胧灿烂，巴掌大的叶片在微风中摇动不止。

时间刚好是盛夏，如果在东方，在黄河的下游地带或泰山山麓，正是暑气蒸人的季节。但这儿却像初秋那么凉爽，人们出门还需要一件外套。在我们的华东平原上，此刻勤劳的农民们刚刚擦一把汗水，在田埂树荫下喘息吗？太阳落山时，他们会把衣衫搭上肩头，迎着村落上腾起的炊烟和浓烈的米饭的香味走回家去。母鸡扇动着翅膀，白鹅伸直了长颈。广播喇叭正报天气预报，小孩儿把尿溅到了姥姥的身上。家庭的声音驱走了一片暑气，院子里的大槐树逗趣般地掉下一个绿壳虫。灶间里的风箱还在呼哒哒地响，女人一边往灶里抓草一边看着男人。她去捅火，白色的灰屑扑了她一脸。火焰映出的是额头上一道道皱纹。男人喊了她一声。

我们的车在著名的斯图加特市停留了一天，就径直开往慕尼黑了。

秋一样的凉爽，鲜啤酒一样的清香，这一切都没法不使人神情振奋。M先生两手握着方向盘，常常要告诉一点什么。路旁的山坡上种满了啤酒花，一行一行规整极了。这儿的啤酒花产量是世界上最高的。如果晚来几个月，那正好会赶上这儿的啤酒节了。那可是个盛大的欢快的节日，是世界上真正独一无二的场景。啤酒节又可以叫成“草地节”，你于是可以想象得出啤酒与大自然的关系了。

我们终于来到了阿尔卑斯山下的这座名城了。

从哪里看起呢？这座洁净得如同一只天鹅的城市，这座像冰晶一样闪亮的城市。伟大的艺术家施特劳斯就诞生在这里，是市民们引以为荣的，也该是这座城市的殊荣。我们看到了市政厅附近的巨大喷泉，看到了在广场一侧如痴如迷地吹奏着的土耳其人，可是阿尔卑斯山呢？

我们到“大都市旅馆”里住下后，太阳还没有落山。有人提议趁这段时间去看看它。他找到M先生，说：“这会儿去看看它吧。”我们都知道“它”指什么。M先生说：“时间恐怕来不及了。”不过他说着却将我们引上了车。

车子愉快地驶出市区。

车子爬上了被绿树掩映的坡路。路旁山坡上的树好密，几乎每株松树都笔直高大，那颜色使注视它们的一双双眼睛也变得明亮了。由于根须扎在一座水分充裕、土层肥沃的山脉上，真正是苍翠欲滴。我们已经踏上了阿尔卑斯山的领地，但离它的那些终年积雪的峰峦还有很远。

M先生将车子停在一个湖边。我们首先被这个湖泊给吸引了，一下车就伏到了湖边的铁栏上。湖水碧绿清亮，白雾在远处飘移。

1987年9月，张炜在德国。

木船慢慢地游动，三三两两，显得湖面很旷远。湖的另一边消失在大山脚下，也许它顺着山麓转到了另一边去。

大家全都无声无息地看着。这个湖泊是不应该被惊扰的。湖面上徐徐吹来的风撩起了诗人的头发，拂动了女士们的风衣，洗着我发烫的脸颊。

M 先生告诉大家，阿尔卑斯地区有空气纯化监视设备，这儿的空气必须纯正清新。还有，湖中绝不准许以油为燃料的船只经过——你们看到那几个全是木船了吧？

当我们正议论着湖水的时候，不知谁在身后喊了一声：“看！”大家一块儿转过身去，一齐抬头仰视——不远处，那雾气迷茫的地方有银白色在闪耀，原来那就是德国境内的阿尔卑斯山高峰。它的雪衣在傍晚的光色下闪烁，又被雾幔不时地隐去。峰巅万仞，云气苍茫，藏下了说不尽的神秘和冷峻的威严。

M 先生笑着。他终于把我们带到了这里。

我们就这样望着这座高山。我的心绪这一刻非常复杂。我相信一个东方人从遥远的地方跑来看一眼这座名山，都会有很多的感触。那种意味是说不清的。究竟为什么要来看山？看山得到了什么？这一次行动的意义又在哪里？

阿尔卑斯山沉默着，所以望着它的人也都沉默着。怎么回答呢？我不知道。我只能说它在这一刻所给予的某种震撼，是我久久不能忘记的。

天色暗了。我们没有时间离山再近一些了。就带着巨大的满足和深深的遗憾，踏上了归途。

夜色中穿越密林中的山路，这在来德国后还是第一次。我们将车窗打开来，让山间清凉的空气透入车厢。四周一片沉寂，似乎能听到树叶飘飘落地的声音。身后的大山和湖泊隐在了夜色丛林之中，但我此刻仿佛仍然听到了水珠飞溅，就像敲击玉盘；雪峰的倒影印在湖镜上，星海一片，突然有一只鸟在遥远的地方啼叫起来，一声比一声凄厉，一声比一声急促。它叫了一会儿，声音才渐渐地舒缓下来。我想这是阿尔卑斯山之巅的一只孤独的鸟儿。

这就算看过了阿尔卑斯山？

我心头掠过一丝微笑，在微弱的光线下去看同车的几个朋友。他们奇怪地全都闭着眼睛，模样有些好笑。我碰一碰诗人。他睁开了那双布满红丝的大眼，咕哝了一句德语。两天以后我才明白他说了一句什么话，那句话可不怎么让人愉快。

在慕尼黑市匆匆忙忙又兴趣盎然地游览，不知不觉过去了两天。这个啤酒王国让我们喝足了它的啤酒，大家得用双手才举得起硕大的杯子。我们觉得整个联邦德国的城市夜间都亮如白昼，慕尼黑似乎更亮一些。欧洲电力充足，看看它们的灯就知道。再加上金属结构和玻璃结构的建筑较多，可以与灯交相辉映。这儿的灯店给人留下强烈印象，里面的花色品种太多了。可以与这儿的灯店相比的，记得只在波恩和汉堡看到过。我买了一个红色的台灯。

第三天下午是休息、郊游的时间，不是正好用来去看阿尔卑斯山吗？这回我们有时间一直将车开到山根下。想是这样想了，但不好意思跟M先生说，因为他几天来开车太疲累了。可是令人感激的是M先生自己提出了进山的建议。大家一时无语，只让兴奋在眸子里跳荡。

赶快上车，这是我们离开慕尼黑市之前最后的一个下午了。

女小说家L穿上了一条鲜红发亮的裙子，坐在我们中间。也可能是多了一条红裙子的缘故，我们觉得一个什么节日来临了。也许有人会感到费解：繁华的城市有多少东西等待我们去瞥上一眼，可我们却一再匆匆地上山……这是为什么？

不知道。也许就因为它是阿尔卑斯山吧。

M先生告诉，通主峰的有一条缆车。那么说我们可以亲自用手去捧捧积雪了——我从来没有在盛夏摸过白雪。当车驶近了高大的山峰时，我们大家对其他东西都视而不见了，因为都一股心思去看这让人心惊动魄的大山了。

这次可以看得更清晰了。山色青苍，森森逼人。巨大有力的石块呈千姿百态凸立，使你强烈地感到很久很久以前那一次熔岩的愤怒。一道峰刃将另一道挡在阴影里，阴影重叠，白雪皑皑。云流在山口上涌泄，似有撕裂绵帛的声音隐隐传来……

可惜开缆车的时间已过。但我们无悔地站在山根。这儿冷风嗖嗖，真是个严肃的地方。

我们的车仍在夜色里往回开。大家坐在车中，仍像上一次一样闭着眼睛。半路上，我又推了一下诗人，他又咕哝了上次说过的那句德语。这回我听明白了，他在说："别了！"

利口酒

如果有一帮老和尚偷偷摸摸捣鼓出一种酒，并且能够得以流传，那么这种酒不会错的。和尚造酒是犯忌的。优秀的僧人当然不会去干。但这是另一回事。我想说的是人间一些珍品的源路有多么奇特。

我们游过了西德的北部和中部，来到了南部城市斯图加特。一个下午，我们去城外郊游。太阳很低了，这时才有人想起回城里去。但要赶回去吃饭显然已经晚了点，于是有人提议在城外的郊区酒馆里进餐。

这还是来德国后第一次进这样的饭馆。

整个店像一座乡间别墅，全部用粗大的圆木钉成。屋顶大得很，看上去拙稚可爱。它在浓绿的草木簇拥之中与周围的一切相映成趣。美人蕉红得像火，野栗子树大冠如伞。木头屋子四周约几十米的地方，有一道削成方棱的木头栅栏。栅栏内有白色的金属椅子，有白木条凳。显然，这里面会是很有趣味的。

走进店门，大家都怔了一下。原来这里面十分华丽，简直一点儿不比维尔茨堡或汉诺威那些考究的酒馆差到哪里去——我们来斯图加特之前曾去过两个绝棒的酒馆，印象深刻。这个郊外的酒馆临近黄昏，灯火齐明，金属刀叉闪着光亮。枝形烛台上插满了蜡烛，桌子上的餐巾洁白如雪。墙壁上的装饰让人瞩目：一个野猪头，獠牙弯弯，小眼睛微微发红；鹿角尖尖，鹿的神情栩栩如生，如少女般温柔地注视着来客。这都是真实的动物做成的标本钉在了墙上的。还有壁画，画的内容当然是狩猎，猎人脚踏长筒皮靴，绑了裹脚，举着猎枪。一只棕熊中弹，腾空而起扑向猎人。不知为什么这些壁画都画得笨模笨样的，野物的神情多少有点像人。

这一切使你强烈地感到另一种生活的气息，即远远地离我们而去的山地狩猎、燃起篝火烤肉喝酒的那样一种情形。我们刚刚从山间小路上来，穿越了大片的丛林，再进这样的酒馆不是正合适吗？酒馆招待彬彬有礼，请客人入座，送盘碟刀叉，一整套动作连贯流畅，很像一种体态优美的舞蹈动作。但客人不会觉得有任何滑稽的意味，相反会从中感到源于职业的端庄和矜持。要点什么菜呢？菜单上标明了有烤土豆条、青豆等，有鱼——一种淡水鱼，样子像青鱼，产自城郊碧绿的小湖；有鹿肉、野猪肉、牛排、猪排等等。我要了一盘色拉、一份烤土豆条、一份鹿肉。喝什么酒呢？酒的品种可真多，我们几个人相视而笑。

小说家G是我们的老大哥。他个子不高，穿一件黑色披风，多少像个将军。他伸出右手说："利口酒。"

我和另一位朋友也选择了利口酒。

原来这是一种无色液体，像崂山矿泉水那么明净，银晶晶的。只有小小一杯，我敢说那杯子比拇指大不了多少。旁边的朋友有的要当地啤酒，有的要葡萄酒，都是大杯子或半大的杯子，我们显然太不合算。我低头看看小小的杯子，见杯子的上半部有一道细细的红线，而杯中的酒刚刚达到红线那儿——也就是说，这种杯子虽然小如拇指，但却没有装满。

我打量了一会儿有趣的小杯子，与小说家G一同端起来。其实我们是用拇指和食指小心翼翼地将它捏起来的，送到嘴边，喝了很少一点。

“怎么样？”一边喝啤酒的人问。

我不能算是会喝酒的人。但我知道这一回喝到了一种古怪的酒。它的几滴液体在口中迅速漫开，使我感到满口里都是玫瑰花的味道。但轻轻咂一咂嘴，这种芬芳又若有若无地隐去了，有些微微的麻辣，并透出意味深长的甘甜。此刻的呼吸也充满了这种奇特的气味，令人神情一振。当我放下杯子的时候，这才感到舌尖冰凉，像刚刚融化了几块薄冰。

这就是利口酒。我怎么告诉朋友它是什么滋味呢？我只能和G一起喊一句：“好。”

接下去的时间是我们捏住那个小杯子，快乐、谨慎、心神专注地把它喝完了。

一直陪同我们访问的当地一位记者、对南部风物极其熟悉的H介绍了利口酒。他说这种酒是很早以前，由一座修道院里的一帮修士们弄出来的。怎么弄出来的不知道，反正是给世上添了一种美好的东西。现在这里的利口酒有好多种了，但他最喜欢的还是修士们搞出来的这一种。

我仿佛看到了一群修士不动声色地在高墙大院内走着，转过一个夹道，进入一间地下室，搬出了一个硕大无比的酒坛。

大家全都兴致勃勃的。H先生竖起了拇指。

我仰脸看着屋顶天花板墙壁上的狩猎画，想象着很久以前这儿的独特风习，仿佛嗅到了山林中飘出的烤野猪肉的香味。那些好猎手也喝到了修士们的酒，你一盅我一盅，互相眨着眼睛。这样有劲道的酒显然猎人喝起来更合适一点，要比啤酒葡萄酒之类更对他们

的胃口。

有人问H先生这种酒是什么酿成的。

H的回答有些含混，但我听明白它不是大麦和葡萄，也不是其他粮食和果子，而是玫瑰花瓣——究竟是否纯粹的鲜花瓣不得而知，但我确实听到了“玫瑰”二字。

天晓得修士们怎么冥想出这样的玄妙精微，竟然用娇羞艳丽的东西酿酒。我多少有些吃惊，我想起了小杯子上那道神秘的红线，那正是玫瑰的颜色。

这种酒在我眼里是无与伦比的，或许事实上也正是那样。因为它本身包含了美丽的传说，奇妙的想象，还有不可思议的工艺……我想这也除非是修士们来制造，否则是不可能的。

我知道中国的和尚、印度的僧侣，他们都有博大精深的著作，构成了东方文化中最瑰丽最深奥的部分。这显然都是静悟和冥想的精粹，是一度回避尘埃的结果。做大学问的人都是寂寞自得的，与世俗利害相去甚远。试想中国的一些书画珍品、诗文高论、健身秘术，玄妙莫测，很多都出自和尚道人。

我知道物质经济，与艺术神思的原理相悖也相通，它们有一点是相同的，那就是同源于一种生命的创造能力。创造力的消长荣衰，有时是非常奇怪的，它们往往在安静的时刻里慢慢滋生壮大，然后一举完成一件不朽的业绩。

小说家G微仰着身子离开座位，又伸出右手。他大约在最后一次赞扬利口酒。

这座郊区酒馆不会从我们的记忆中抹掉，因为它太有个性了。来西德后见过一些有个性的酒馆，印象都非常深刻。我觉得欧洲人返朴归真的愿望非常强烈，这大约与他们的经济发展现状有关系。走在这块土地上，你到处可见他们满怀深情的追忆的痕迹，而酒馆

只是其中一例。

坐在酒馆里，进餐（物质营养）的同时，不由自主地经历一次精神的洗礼，显然是很棒的。他们要尽一切可能，寻找一切机会，让人们去重温一个过去了的时代。

记得在北部和中部城市，在闹市区，类似的酒馆也不少见。例如在恩格斯家乡附近，大约是美丽如画的中部城市乌珀塔尔，我们就见过一个别具丰采的酒馆。

那个酒馆从外部看是玻璃结构的现代化建筑，正门装饰得很洋气。可进去之后，你就会大吃一惊。因为它的内部空间非常之大，出乎意料，真正是别有洞天。整个空间又分成了不同风味、不同色调、不同内容的很多很多区间，你可以随自己的意愿和趣味去选择。比如既有举行鸡尾酒会的大厅，讲究、富丽；又有散发着原始气味的、装饰了各种野物标本的小宴会厅，还有东西方各种风格的、各自独立的一些小型餐馆。有的地方是一个怪石嶙峋的山洞，摸索着进了洞才豁然开朗，原来又是一小酒馆。泉声潺潺，水车的木轮当真在转动。一处又一处圆木钉起的小屋，每一处里面都飘出酒香，响着叮咚的碰杯声。

这就是那个酒馆内部的情形。

我们一看就可以明白主人用心良苦。它提醒人们是从大自然中走出来的，那儿的一切仍然像是伸手就可以触摸，青藤缠绕，篝火嫣红，号角频频，狩猎的呐喊震动山谷。酒、野味、休憩的幸福，这一切都是勤劳和英勇开拓换来的。昨天刚刚逝去，人类还多么年轻。

记得每一次宴会都要摆上点燃的蜡烛。现在的电光源已经是五花八门，但惟有蜡烛的光焰在这里长明不熄。仅仅是仿古和怀旧吗？我想这和那装点成原始意味的餐馆一样，给人的感觉是复杂的。

比如在巴伐利亚州府，老市长在市政厅的地下室里招待我们

——地下室的墙壁上就和斯图加特的郊区酒馆一样，画满了狩猎的彩色图案。而且这儿的天花板画了几个很大的动物，画了持枪的猎人。这使我们这些刚刚从繁华的街道上走来的客人进入了一个全新的世界。这是老市长相中的地方。他在此款待遥远的东方客人。墙壁上的图画在我看来仍然是笨模笨样的，倒也特别淳朴自然，透出了绘画者虔敬宁静的心态。那次宴会间，好像是慕尼黑市的文化长官伸手指点着墙上的图画，解释了它的内容。

总之，这儿不断向我们显示过去了的那个时代。这个时代当然不仅仅属于欧洲的民族，同样也属于亚洲。茂密的丛林和那时候的一切风俗一块儿消失了，人们只好根据记忆去复制出来。每个时代都有属于它自己的东西，我们在追忆寻找的那一刻里，也就变得丰富和成熟了。

试问现在还可以产生利口酒吗？现在还有那样的修士吗？我听说西方的修士在旅游旺季开办旅馆接客，而东方的僧人也开起了小卖部，经营图书宝剑和无笔画之类。没有过去的修士了，也不会产生那样的利口酒了。谁要想在充满刺激的迪斯科舞曲里轻轻呷着利口酒，谁就要执拗地维护那样的一种风范，一种传统，一种可以为今人所用的美妙的成果。

那天，直到太阳完全沉没我们才离开那座乡间酒馆。车子向着通往斯图加特的城区开去，我们频频回首望着稀疏淡远的灯火。夜风里，不知为什么玫瑰花的香味十分浓郁。这使我们又一次念出那种酒的名字。

我们那次旅行知道了修士们也会酿酒。

并且知道了玫瑰花也可以酿酒。利口酒，利口酒。

徐芾在日本

正史与口碑

在中国，我总觉得从古到今，很少有谁能像这个人物一样值得玩味。他就是秦代的徐芾。现在不少人将其呼为“徐福”，“芾”字变了，根据是什么不知道。徐芾是个大知识分子，那时的智识阶级似乎不太愿沾“福宝金贵”之类。《史记》是正史，不仅因文采令人激赏，而且史料的翔实也无出其右者。史记上载：“齐人徐芾等上书，言海中有三神山，名曰蓬莱、方丈、瀛洲，仙人居之。请得斋诫，与童男女求之。于是遣徐芾发童男女数千人，入海求仙人。”“秦始皇大悦，遣振男女三千人，资之五谷百工种种而行。徐芾得平原广泽，止王不来。”其它类似的记载散见于其它古籍，更是不可胜数。

徐芾是否抵达日本，大多数人并不存疑。有人提出异议，又大多不是真疑。徐芾抵日，使日本在极短的时间内从石器时代一下跃入弥生时代。他在一个民族的文明发展史上颇具戏剧性，这就构成了他的显赫与不幸。种种考古的依据终于证明了秦人大迁移与日本文明飞跃的关系。尽管如此，徐芾东渡之说也并没有出现一个民族群体性抵制的现象。因为这是一种真实的力量，更是一种血缘的力量。

关于徐芾率童男女去日本采仙药一去不归的故事，在中国流传甚广。特别是山东半岛上的胶东半岛，几乎更是家喻户晓。关于徐芾的东渡，民间不曾怀疑；学者，特别是秦汉史专家、古航海研究专家，也不曾怀疑。

徐芾一举，事关至大。试想他发现“平原广泽”的时间还要远远早于哥伦布发现新大陆的时间：仅此一条就可知其份量。也正因为这份量，所以人们也就格外慎重；但这慎重之中，有时也颇有些其它意味。

正史上没有“日本”两个字。这是因为当时还没有这样的称谓。有人说“瀛洲”和“蓬莱”不过是现在的“蓬莱”和长山列岛一带。如此一来又大大低估了徐芾一干人马的能力。从第一次受命出航到后来的两次（三次？）出海，徐芾率一大群“百工”（当时的精英）竟然就一直在沿海的几个岛上打转。这是多么荒唐的判断。

也有人说是去了今天的朝鲜半岛、特别是济州岛一带。不错，朝鲜及济州岛今天仍有关于东渡的传说和遗迹，但这仅止于徐芾一行路过、滞留，辗转去日本的故事。济州岛大概算不得“平原广泽”，而朝鲜半岛域连大陆，徐芾胆子再大也不敢在此“止王不来”。

胶东半岛一带的人，大约有多半从小就闻听了徐芾传奇。这是一种什么力量？正史之有力，是因为文字有力；可是心史在许多时候却更为有力，因为人心是扑扑跳动的、不灭而鲜活的。人心与文字的不同之处是它既不能烧毁，又能通过无数颗心而战胜遗忘。

从古黄县一些村落地名看也颇有启示。“登瀛村”，这不是个轻易可以诌出的名字；“士乡城”、“徐乡县”、“徐乡城”，都是历史上的真实名字，它们都与徐芾东渡有关。徐芾以采药为名带走的“士”可谓多矣，“士乡城”则是他们的集结地。而据《齐乘》记载，以

龙口的徐芾塑像。
（田恩华　摄影）

“徐乡”命名的县和乡，都是因为徐芾求仙名声大噪而得。

另外，在河北省有“千童县”，在山东胶南县有“沐官岛”。两个地名分别表示了徐芾当年纠集三千童男童女、出航前实行斋戒的情形。还有不少类似的地名与场景，它们都散在山东和黄河以北许多地区。

佐　贺

日本佐贺是座美丽的城市，南海北山，站在金立山上往南一望，不由得就要慨叹一声：好一片“平原广泽”！这儿今天每每被誉为徐芾的登陆地，最早抵达的一片阔土，一直享有独特的光荣和自豪。这儿有许多人自认为是徐芾后裔，并且有非常强烈的寻根情绪。几年前，因建设施工发现了一处古遗址，经判定为秦人渡泊之地，并且也是秦人文明在日本本土发扬光大之地。此遗址目前因各种原因仅发掘出一小部分，但已是蔚为壮观，规模宏大。遗址所在地吉野很为自豪，并且认为这一发掘，使徐芾登陆的“佐贺说”更为固牢。

我在一个酒会上遇到一个医生，当她得知我是中国人之后，马上神秘而激动地在我耳侧说起了什么。我没法听懂，她就在纸上费力地写下了这样一句话：“有人要搞建筑，破坏吉野遗址，让我们一起保卫吧！”我看了很感动。但我自知自己远没有这样的力量；我十分钦佩她的激情和勇气。比起她来，我得承认，我和我们的激情

差了不知多少倍。她的举动正是应了我们中国人常常说的一句话，叫做“知其不可为而为之”。我只能在纸上写了一句不像样子的、但却是很真诚的套话：“欢迎您到徐芾故里——中国去！”她取起来对在眼上逐字看了一遍，泪水立刻涌了出来。她紧紧地拥抱了我。我觉得她的举动淳朴动人，包含了无尽的内容。

一个晚上，当地徐芾协会为我和我的朋友开了个很大的欢迎宴会。这足够隆重和排场，出席者不仅有协会的主席，有政府官员，而且还有重要的艺术家和历史学家。他们大多是被一种情结给盘住的人，有一种看看老家人的情谊在里边。我的出生地在胶东龙口，这一点在他们眼里非常重要。

商人以及官方人物不能说一概纯粹到何等程度，他们也重视直接利益，所以宴会上，他们与我交谈了一会儿之后，马上提出要卖梧桐，并且不再怎么热衷于谈论徐芾了。但一般的市民和学者却始终只有一个话题：徐芾与日本、徐芾与登陆地佐贺……

第二天，在诸富町官邸，待客人落坐后，主人马上端上一盘糕点，每人一块。糕点的名字叫“徐芾长寿糕”。后来才知道，在此地，类似的以徐芾命名的小商品还有许多，如“徐芾茶”、“徐芾酒”、“徐芾香”等等。

佐贺有一个能干的女人，她是一家著名糕点铺的老板，同时又是徐芾会的积极参与者。她对自己即是徐芾的后人、“渡来人”这一点上，从未怀疑过。她的店出产的所有糕点都与徐芾有关，如我们在官町里吃的“徐芾长寿糕”，就产自她的店中。她的糕点多做成船形，以表示对徐芾那一次远航的纪念。我们分手时，女主人又赠给许多美味糕点。

诸富町官员兴致勃勃地把我和朋友引到一个地方。开始不甚明白，后来才知道他们要让我们参观一处新建的文体活动馆。这处文体设施的建筑规模属于中型，但设备较好，管理也非常先进。我们站在大厅里犹豫时，主人按动一个按扭，正中的大舞台上徐徐降下一个巨幅挂毯。原来上面的图案就是“徐芾东渡图”。这个大挂毯漂亮异常，问了问，是主人一年前向中国济南地毯厂定做的。

佐贺有关的徐芾景点多得不可胜数，由于时间的关系，我匆匆看过，还没有看到其中的十分之一，已经花掉了差不多一个上午。给我深刻印象的有徐芾所植之树，徐芾登陆后开凿的第一口井，徐芾登陆时领航的“浮杯”地，徐芾祠……这些地方都得到了很好的保护。

徐芾协会一类的机构，在日本民间大约有五个左右。这些组织都积极开展活动，并有许多人在著书立说。几乎所有纪念地附近的店铺里都摆有这一类著作，印制得非常精美。我至少看到了三四份以徐芾为主题的专门性刊物。

值得一提的是佐贺有一个建得很漂亮的“徐芾宫”，宫内有大量关于徐芾事迹的介绍，图片文字甚至电视动画一应俱全。

日本人说，在境内古迹最丰富、最能显示其文明和历史的，就要数佐贺了。而佐贺给人最深印象的，就要算与徐芾遗迹连在一起的一切了。为了提醒后人从何而来，佐贺每隔五十年就要举行一次声势浩大的祭祀活动，在长达一个多月的时间里，登山、演艺，参加者几乎包括了全部市民，而一系列活动的主题只有一个：纪念徐芾。

新宫老人

新宫市是一个很小的城市，地处熊野川西岸，属和歌山县。正像我们所知道的一些美丽小城往往独具魅力一样，这里也是一个极好的游赏之地。新宫人引以为荣的仍然是徐芾——他们一致认为徐芾是从新宫的海湾登陆的，而且言之凿凿。走在新宫街头，不时可以看到以徐芾命名的旅店和茶馆之类。在一个如今已淤得浅浅的海湾一侧，立有一个“徐芾登陆纪念碑”。新宫市最高的建筑可能就是“徐芾宾馆”了。还有，这个小城建有富丽堂皇的“徐芾公园”，内有千余年前甚至更早时候的古碑、铭文、徐芾墓等，也有最新的纪念物，如中国龙口市专程从国内运来的“徐芾东渡故事浮雕碑”。此处公园现在的地位已与该市著名文化旅游景点如浮岛森林、佐藤春夫纪念馆、新宫古城遗址等齐名。

好客的新宫人当中有一个老人让我不忘。他叫奥野利雄，陪了我和朋友全程，而且每一个参观景点他差不多都跑在了最前边，为我们作介绍时，总是声音宏亮、清晰，而且底气充足。他看上去面色红润，双目炯炯，腰板挺得笔直。我一直认为小城空气清新，而且这里的人又善保养，老人一定有七十左右了，仅仅是看上去六十左右而已。因为在日本我多次遇到这种例子。

一次宴会上我忍不住问了一句老人高寿？老人答：“九十四岁”。

座前的中国客人全都惊得不语。这样停了大约几秒钟，有人才开始询问老人长寿的秘诀。老人答：因为我生活上多多注意啊。“怎么个注意法呢？”老人又答：七十岁以前不论，七十岁以后就要按时休息了。“怎么‘不论’呢？”老人解释：不论，就是干什么都不在意，比如吃和玩、劳动等等，不论怎样都不去管它，就是说随便了。大家大笑。

现在奥野先生的全部精力和热情都投放在与徐芾有关的事业上了。他曾出版有徐芾研究的专著，在该领域内具有深刻影响。在他和许多日本人的眼里，几千年前的一位中国人，历尽艰辛远渡重洋，为处于石器时代的日本送来新的文明，这该是多么了不起的一件事。此事的重要性无论怎么估计都不过分。这是一个遥远然而却是的确

发生了的一个伟大事件。

在交谈中我在想，如果连这样的事件都不能唤起我们的热情，那么人类也就太卑微了。人类的激情，一个民族的激情，主要就表现在对待自身一些巨大的隐秘方面，表现在对其追寻和拷问的力量与热情到底有多么大。而对徐芾东渡这样一个历史大事件，一个无动于衷的民族才是不可思议的。

在日本期间，在热衷于这个事件的一些人那儿，我总能感到徐芾之谜在折磨他们。这是一个多大的谜。此谜关系到一个民族文明的来源和走向，不能不引起一个民族的好奇心。奥野老人是热情好客的，这一点与其它人并无两样；但是当他肃穆起来的时候，神情还让我有点费解。我想说的是，好多日本人都有这样的神情：他们在热情接待客人的同时，还会让人感到有什么其它的东西压在心底，此时正在泛起、缠住他们。奥野老人在那一刻的凝神让我不解。后来我觉得这神情中，起码有对那个古人的迷茫与敬畏，有阵阵袭来的矛盾和惊奇……这样一些复杂难言的情绪。当然，这也完全有可能只是我的臆测。

在新宫，对徐芾有兴趣的，更多的是六十岁以上的人。在其他地方也差不多。在中国国内也是这个情况。这很有意思。大概一个

1997年10月，张炜在日本新宫市的徐芾登陆处。

人只有上了年纪，才有关心重大事件的能力和智慧。这是人生经验给予他们的。在漫长的人生道路上，一个人会慢慢悟出生命的真谛。新宫人与其他地方的人有些不同的，大概必会包括对徐芾的特殊情怀。日本人不可避免的常常就是一个“中国结”，这是勿须多言的。此结当然有地理因素，更有来自文字、语言、习俗等文化方面的渊源，而在这一渊源中，徐芾的份量也就可想而知了。

新宫很小，但她很自豪。这儿出过有名的作家佐藤春夫。奥野老人一路上向我们讲了许多作家小时候的事情，一边更正我们的一些误解。比如我们原以为保存完好的佐藤春夫纪念馆是作家生前留在新宫的故居，奥野告诉我们：这是新宫从东京原样“复制”过来的。原来这是作家后来定居东京的一所楼房，屋内的所有陈设，包括屋子周围的一草一木，都按东京故居的模样一丝不差地仿制下来。这当然颇费功夫，但也惟其如此，才圆了一个新宫人的梦。他们对徐芾之情，比起对佐藤春夫来，大概是有过之而无不及。

熊 野

熊野作为又一个徐芾登陆地、一个徐芾传说盛行之地，引起了我的极大兴趣。这儿与佐贺和新宫一起，构成徐芾三大登陆遗址。由于历史的茫远，我们当然已无法弄清哪一个地点才是徐芾当年的首选。因为我们无法仅从海湾的规模和地理位置去做一简单的推理和判断。当年的实际情形必定要复杂得多。这里面有风向水流、当地人文、地理概念等等诸多制约，诸多决定因素。

徐芾是否在其中一地登陆，大约可以有如下几种情形。一是徐芾不止一次踏上日本本土，而每一次的登陆地点又不尽相同，这就形成了多处登陆地；二是庞大的船队经过了长达几月的海上征途，

1997年10月23日，张炜在日本熊野市郊看“徐芾宫”。

不太可能秩序井然地一次性进入一个港湾，这就迫使他们的船队分别寻找一切可以停泊之地靠岸生息。三是徐芾的船队从一个地方上岸之后，还有可能经过一个阶段的休整，然后再驶向其它岸段。这种寻找是再自然不过的事情。所以说以上的情形只要具备一种，也就成了一处徐芾登陆地。于是我们有理由认为：传说中的徐芾登陆地都有可能成立；而且更有可能的是，真实当中的登陆地点远不止现在传说中的这几处。

熊野葱绿的山下那深深的海湾，真是天然的优良泊地。只要一眼瞥去，一个人就不会忘记，就会在心中默念：是的，一支船队必会在这儿停靠，他们找到了一个多么好的地点；船队停靠之后，由于左右侧都是山麓，就可以安稳避过风浪。通向海湾的是一处山凹，登陆人可以很容易地踏上山凹。站在山凹往北看去，就是熊野川两岸平原了。

人们都知道徐芾东渡的名义是为秦始皇采长生不老药。许多人都曾问过：此药到底是什么？今天看这种药当然只会是一种传说和臆想；但在当年却极有可能是一种实指。即便为了欺骗秦王，徐芾也要指认一种草药。而在熊野，这种“长生不老之药”到底是什么却从来不成问题，熊野人当中有许多都能毫不费力地指出它。出于好奇，我让他们专门到山上指点过。原来是一种树，很高，很茂盛，像中国南方的乌臼树。他们说当年的徐芾就是采集这种树的叶子。

就在所谓的一大丛“长生不老药”旁边，有一处非常陈旧的“徐芾神宫”。这是一座木结构小屋，小到了不能住人的地步，可是熊野

人固执地说这就是当年秦人登陆后所建的栖身之所。这实际上只是一个神龛，供上山的人求拜祭祀。

至于说秦代有人由熊野港湾登陆，这已是确定无疑的事情了，因为海湾附近不止一次挖掘出齐钱币和秦半两钱，这当是确凿的证据。

熊野民俗馆中有“徐芾登陆”动画片，十分生动地再现了千古壮举，我极想复制一份，可是管理人员抱歉说有关规定不允许这样。我只能遗憾地离开了。

黑瘦青年

在国内曾接待了一位我的作品译者。他长得黑瘦，但双目炯炯。其工作的认真执着使我感动。我觉得他身上有许多东西值得我学习。当我与他谈起中日两国多年来的徐芾研究，他立刻沉下脸来。这样停了一会儿，他又不屑地咕哝道：“什么徐芾研究，在日本那都是闹着玩的……”

我参与徐芾研究工作十年，接触了大量日本的中国史专家以及徐芾学会的人，对他们的认真与专注、对事业的身心投入态度还有一定了解。我无论如何不能同意他的说法。但是转而又想，这位译者毕竟是日本人，而且平时言必有据，不苟言笑，他的话我当重视。但是一个疑问从此在心中种下，让我久久不忘。

在日本了解徐芾研究情况，无非是从两个方面：民间传说的广度；学者的研究。前者不必多说，我觉得在一些传说集中的地方，比如佐贺新宫熊野三地，其热情及民众熟知程度都远远超过了中国国内；而在学者那儿，一些著名的中国史专家都参与进来了，他们为一些徐芾研究专门杂志撰写了大量文章。这里要多说一句的是，无论是日本，还是韩国，他们的专业徐芾研究杂志都印得非常漂亮。

这一切不能说是闹着玩。尽管有些外国人富裕到尽可以奢侈，但如果说他们在拿徐芾研究来玩，这大概会惹怒许多日本朋友。

日本人的认真、对事业的投入是有目共睹的。他们就是依靠这种精神，使一个资源贫乏之地变得繁荣昌盛。他们的劳动以及劳动态度是了不起的。以这位翻译朋友来说，他为了使自己每天都能有新鲜的思维，为了有一个强健的体魄，每个星期起码要骑山地车二到三次，每次行驶一百公里以上。这真是了不起的毅力。像他一样的人怎么会以学术研究“闹着玩”呢？

有一次我正和他一起吃饭，他突然抬头问了我一句：“你们为什么突然对徐芾这么感兴趣？”

我想了想，回答说徐芾是一个了不起的人物，他是一位伟大的航海家、像哥伦布那样的探险家，还是一位友好的使者、人类文明的传播者。面对这样的一位人物，我想我们对他的兴趣也就非常好理解了。他听了只是一笑。他不信我的话。后来停了一会儿，他突然说了一句：

“徐芾根本就没有到过日本！”

我问他证据是什么？他不屑于回答好像也不能回答。从进一步的谈话中我才知道，他从来就没有研究过徐芾。那么我的结论也只有一个了，这就是：他本人并不希望有一位秦人、更不用说一个庞大的船队在石器时代到过日本了。

但事实是，不仅是中国首屈一指的正史《史记》中有明确记载，而且日本本土也不止一次挖掘出秦人文物。如果不是徐芾，那也会是其他秦人登陆。这是确定无疑的，日本的杰出学者们从不否认。在日本，我所接触的人中，没有谁对徐芾抵秦产生过怀疑。日本学界从来就将《史记》当成他们依据的重要历史著作，奉为他们心中的“信史”。

船队途经济州

徐芾当年的船队途经济州岛，这已经是不争的事实。韩国时下的徐芾研究会，即设在济州岛。出于对徐芾、对那个亚热带美丽海岛的向往，我和朋友们又经汉城飞往济州岛。

由于几千年前航海技术的局限，一个庞大的船队不可能直接穿越海峡，而只能沿胶东和辽东一带岸线、特别是近岸岛屿行驶。船队在济州岛休整，补充淡水，可以说是最佳选择。目前济州岛上还保留有西归浦、正房瀑布、朝天邑等与徐芾有关的遗址。一些石刻已被海潮淹蚀，但过去有人做的拓片还保留至今，如“徐芾望日出之地”、“徐芾过此”等等。

济州岛真是一个美丽的地方。此地古代为“耽罗国”，一直到了高丽时代还仍然保持有独特的文化。公元1105年，耽罗隶属于高丽的一个行政单位，再后来的一百年时间内一直在蒙古人的统治下；1402年，耽罗国的城主和王子并入朝鲜朝廷，从此结束了耽罗国。1946年8月行政区域升级为“道”，现有两市、两郡、七邑、五面。它位于韩半岛的最南端，是北太平洋上最大的岛屿，共由60多个岛屿组成，其中三个岛上有人居住。该岛总面积近2000平方公里，人口近60万。这里属于温带海洋性气候，四季分明。最高的山为汉拏山，积雪深春不融。

十月间，我在这儿看到了一片片的菠萝园、柑桔园，看到了茂盛高大的仙人掌科植物。最难忘的是徐芾会负责人陪我们去正房瀑布的路上，我们高速驱车近一个小时，才穿越一片蓊密的树林。林中红叶艳丽，有名的“古薮牧马”就在林中自由奔走。各种野物的鸣叫此起彼伏，飞鸟在路旁枝桠上长尾翘动，做着有趣的平衡动作。

现在这里已被确定为国家森林公园。

正房瀑布位于西归浦海岸，是一道直接落于海中的长流，高达23米，宽8米，水沫形成彩虹，波涛声如雷吼。传说当年的徐芾直赴济州岛，一开始误以为此地就是有“仙人居之”的瀛洲。徐芾在此地采药不得，于是才由此启程远航日本，临行前在正房瀑布刻下“徐芾过此”。这些字迹已被海水蚀去，所幸已经有人留下了拓片。如今因为徐芾传说的缘故，许多人远途而来，只为接一口水喝了长寿。

想想当年徐芾在这个岛上遥望远海，该有怎样的心情。此地虽远离暴秦，却远非一个高枕无忧之地。此地离大陆东岸还嫌太近，欲要“止王不来”，这里不能长治久安；欲要“平原广泽”，这里还嫌狭小。于是他只把这里作为中转站，驶向了更其遥远的“瀛洲”，并且一去不归。

日本学者说

我认识的日本学者都是非常认真的人。他们从不搪塞，遇到事情非常之执着，非一气穷穿而不能停止。

以羽田先生为例。羽田先生原先是一个实业家，后又转向中日古史研究，出版有关于秦汉史及日本弥生时代研究的重要著述。他姓“羽田”，在日文中发音为“秦”，古史研究者一直认为有“羽田”姓氏的皆是“渡来人”。羽田一直把自己看作徐芾的后人。羽田先生从追寻自己的血脉隐秘开始，在徐芾研究方面愈走愈深，花费了许多心血。他出版的一部重要专著就是《弥生时代的开拓者——徐芾的故事》。此书写得不仅严谨，而且读来非常具有趣味性，引人入胜。

羽田先生个子不高，戴一副眼镜，不苟言笑。他多次因徐芾研究来中国，先后到过江苏和山东沿海许多地方，接触了大量中国秦汉史专家。他特别钟情于“山东龙口里籍说”，一次次在龙口莱山、乾山、黄河营古港、士乡城遗址等地寻查。他每到一地都作大量笔记，甚至采集当地植物以用作与日本本土植物对照。我与羽田先生见过十几次面，大约只看到他笑过一次。

羽田先生在日本是一位成就卓著的研究者，他关于徐芾东渡、来日本后的传说与事迹考，都在很大程度上影响了这方面的研究。他的足迹抵达日本的山山水水，只要是与徐芾研究有关的地方，都要细细考察一番。

他说日本有许多自我推荐和他人推荐的徐芾子孙。如果按古代资料看，那么只有富士山北麓和熊野才有徐芾子孙。五代后周时，日本僧人弘顺来到中国，对僧人义楚说：“徐芾他们住在日本的的富士山麓，现在的子孙自称秦姓。”义楚后来就把这段话原原本本地记入了《义楚六贴》中。在江户后期，甲府勤番统治者松平定能奉幕府之命，编纂了《甲斐国志》，上面写到：“（徐芾）他们以后改名为羽田，居住在川口、吉田从事师职。”松平定能写这本书花费了九年时间，全书共124卷，而该书资料之全，记述之正确，在地方志中算是代表作之一。书中说的吉田和川口就是富士山的北麓。而“师职”，即御师，富士吉田市至今仍设有此职。在此书中，已非常肯定地说：“富士山又叫蓬莱山”。这个叫法显然是从中国传去的，是地地道道的中国叫法。

在熊野，关于徐芾的后人，新井白石的《国文通考》中这样记载：“现在的熊野附近有个叫‘秦住’的地方，据当地人传说是徐芾的故居。距该地七至八里处有个徐祠（新宫），其间有古墓，古迹至今尚存。这里既然有秦的人，那么他们之间的来往也是必然之事。”

比起日本的学者来，日本的普通老百姓对徐芾的信仰要广泛得多。如果说学者中尚有怀疑者，那么民间的怀疑者则要少得多。这是因为徐芾故事的流传既广且深，更因为“心史”难移。

说到流传之广，羽田先生一一举例：

一，纪伊半岛的熊野地区。熊野自古以来就有徐芾的传说，但传说形成大的势头则在平安时代到镰仓时代。我们最初可以从公元1075年的熊野别当长快的后记和熊野权现的起源中看到蓬莱岛和徐芾庙的记载。江户时代纪州的藩祖十分信仰徐芾，他曾向速玉大社敬献了一副《徐芾来熊（野）图》，还特别指示建造徐芾墓。这种作法一直为历代藩主所继承，如后来的藩主还建有徐芾表彰碑等，碑文长达770余字。

二，京都府与谢郡伊根町。该地传说徐芾在此登陆并引导当地人从事生产，被推为邑长，为当地人所敬仰，死后被封为开拓之神。祭祀徐芾的神社具有1000年以上的历史，人们一直把他作为海上安全和渔业之神，同时还把他作为治病救难之神。最值得注意的是该神社的正东有两个岛，叫冠（衣）沓（鞋）岛，传说中徐芾由此成仙而去，遗下了衣服和鞋子。

三，佐贺县。江户后期的学者赖山阳曾经站在佐贺眺望西海，吟诗道：“是云、是山、是吴还是越……”此地与中国江南地方隔海相对，仅380海里。唐代大中元年六月二十二日，著名航海家张支信仅用三天的时间就完成了这个航程。当然，当年的徐芾却不是走了这条航线，那时也不具备这个条件。他更有可能是沿山东半岛沿海转行，这样才符合一点实际情况。佐贺诸富町的两个神社都祭祀徐芾，两个地方都赞颂徐芾农耕与养蚕，以及医药之德，每五十年举行一次盛大的祭祀活动。此地金立山脚下的遗址，仅弥生时代的遗址占地就有3公顷，而中后期的遗迹占40公顷。

四，鹿儿岛县串木野市。这个地区的徐芾传说中有一个根深蒂固的观点，认为这里断定的徐芾登陆地为浮杯。这里至今竖着一根标柱，上写“徐芾登陆地点”。传说徐芾登陆后暂住附近的冠山，并随即举行了封禅仪式。徐芾在仪式后把自己的玉冠留在了山上，所以此山得到了这样一个名字。后来他离开此山，来到紫尾山，在山峰上摆满了紫色的带子，紫尾山因此得名。后来串木野市为了报答徐芾之恩，在衣冠山上建造了中国式的庭园。另一方面，冠山的熊野权现是素盏鸣尊，他是从中国东部沿海渡到日本的东夷英雄人物，已无争议。

五，富士北麓。江户时代的《富士山北口记》中这样记述：“徐芾一行在巡视熊野以后，到达尾张的热田，从此开始走遍各州，最后在富士山麓定居。”也正因为徐芾一行是乘船而来，所以从熊野到富士山一带的太平洋沿岸都有徐芾传说。富士山北麓离海有20公里，必有其它登陆地点，可测的有静冈县清水市三保松原一带。北麓的羽田是个大姓，仅富吉市就有400家。近郊的一些部落，羽田姓占了一半以上。更令人吃惊的是，在这些姓羽田的人中，有人还拥有徐芾一行带来的印章。吉田市每年都举行徐芾祭祀活动。

此文不觉中已长。且让我以一首古歌来作结吧。

这是宋代文学家欧阳修和司马光的文集中都载有的一首著名歌谣，名曰《日本刀歌》，歌云：

传闻其国居大岛，
土壤沃饶风俗好。
其先徐芾诈秦民，
采药淹留丱童老。
百工五谷与之居，
至今器玩皆精巧。

歌德之勺

1987年，从北到南走了一趟德国。尽管是草草地走。

来的时候落脚波恩，走的时候去了法兰克福。那一天时间很充裕，我就和朋友在法兰克福大街上闲走。走着走着，突然想起了歌德。这儿不是与老诗人的名字连在一起的地方吗？这儿有他最重要的故居啊。

我和几个朋友立刻匆匆去寻。

这是一个奇特的人物。在文学的星云中，像他一样的文坛“恒星”大概不会太多。在中国，也只有屈原李白等才能和他媲美。然而屈与李离现在太久，他们的神秘有一部分是时间赠予的。歌德却离我们近多了，从时间上看，他显得亲切易懂。

第一次读《少年维特之烦恼》，扳指计算着作家当时的年龄，感受一个少年的全部热烈。那时觉得如此饱满的情感只会来自一种写实，而不需要什么神奇的技巧。现在看这种理解有一多半是对的。一件伟大的艺术品，究竟需要多少技巧？不知道。我们只知道它会是一位伟大的艺术家写的，它只要源于那样的一颗心灵。心灵的性质重于一切。

今天终于以另一种方式接近了你。今天来到了从小觉得神秘的这位艺术家生活过的实实在在的空间。多么不可思议，多么幸福。我们可以用手抚摸一下诗人触摸的东西，小心翼翼。我们试图通过逝去的诗人遗留在器物中的神秘，去接通那颗伟大的灵魂。

歌德故居是一幢三层楼房，当然很宽敞，很气派，与想象中的差不多。书房，卧室，客厅，最后又是厨房。我不知为什么，对这个宽大的厨房特别注意起来，在那个阔大的铁锅跟前站了许久。记得锅上垂了一个巨型排汽铁罩。所有炊事器具一律黝黑粗大，煎锅，铲子；特别是那把高悬在墙上的平底铜勺，简直把我吓了一跳。

我从来没见过这么大的一把炊勺。

这样的炊具有没有办法做出精制的菜肴，我不知道。但我可以想象出当年这里一定是高朋满坐，常常让诗人有一场大欢乐大陶醉。可以想象酒酣耳热之时，那一场诗人的豪放。大厨房约可以让十几个厨子同时运作，他们或烹或炸，或煎或炒，大铁勺碰得哐哐有声。

诗人的一颗心有多么纤细。我难以想象他需要这样的一间厨房。为什么，想不出。这样一间厨房足可以做一家大饭店的操作间，太大、太奇怪。

主要是勺子太大。

从厨房中走出，到二楼，又到三楼——那里主要是一些关于诗人的各种图片，它们悬了满墙。我没有看到心里去。我好像还在想着那把大勺子。它是铜的，平底，勺柄极长。我就是弄不懂它是做什么用的……人的一生无非是“取一勺饮”，而对于像歌德这样的天才，其勺必大。

这样一想，似乎倒也明白了。

关于诗人的全部故事，我所知道的一些故事，都在这个时刻从脑际一一划过。回想他那两卷回忆录《诗与真》，还有他与那个年轻人的谈话录（爱克曼《歌德谈话录》），感受着一个长寿老人的全部丰厚。他在魏玛宫廷任过显赫的官职，一度迷过光学研究，七十多岁时还与一位少女热恋，激动得浑身灼热。长篇短篇戏剧样样皆精，一部《浮士德》写了几十年……是的，他像所有人一样，只是一个过客，只是“取一勺饮”。然而他的“勺子”真的比一般人大上十倍二十倍。

那天我坐在书房里，在一个非常精制的小桌前凝视。一排排漆布精装书，岁月已使其变得陈旧，它们有些褪色。为了保护书籍，一排书架一律加上了铁丝网。这些书既不允许触摸，也不允许拍照。但我忍不住心里的渴望，还是说服管理员拍了一张。

怎样评价歌德，有一段话我们是耳熟能详了。恩格斯曾这样说歌德的“两面性”：“在他心中经常进行着天才诗人和法兰克福市议员的谨慎的儿子、可敬的魏玛的枢密顾问之间的斗争；前者厌恶周围环境的鄙俗气，而后者却不得不对这种鄙俗气妥协，迁就。因此，歌德有时非常伟大，有时极为渺小；有时是叛逆的、爱嘲笑的、鄙视世界的天才，有时则是谨小慎微、事事知足、胸襟狭隘的庸人。”

在法兰克福的歌德之家，我们能够很具体地理解恩格斯的这段话吗？

我却更多地站在诗人钟情的那个少女素描像前。她的眼睛一直望过来，既专注又茫然，好像随时都要与人展开一场永无终了的诉说和辩解。

在他的故居中，徘徊于诗人的物品之间。突然，上一个世纪的特异气息浓烈地涌来……

爱默生礼帽

爱默生在我们眼里够古旧的了。他是一位绅士，是在美国波士顿来来往往的大文人。由于他的作品离现在的潮流颇为遥远，所以人们一度把他视为很古典的作家。我们不太注意他的特立独行。他的确是美国的一位经典作家，那一茬一列几位，很让历史短浅的美利坚人自豪。他是当时“超验主义”的代表人物。至于什么是“超验主义”，现在讲起来已经颇费口舌了。

爱默生是一位极有名的演说家，常常去国外搞巡回演讲。那时的作家都是非常重视演讲的，他们的许多时间都花费在讲台上，花费在面对听众的这种方式上了。由于这样做的不是一位两位，所以我们必得考虑其中的原因。可能是视听技术没有像现在一样大面积普及，这样那些作家要将声音和形象直接送到大众面前，也只得以这种方式。再说当时的听众远比现在要多得多，他们的兴趣更容易集中，这就给了作家演讲的群众基础。

爱默生的一生基本上没有间断演讲，他的许多重要作品直接就是演讲稿。他常常举办“春季系列演讲”、“冬季系列演讲”。演讲而成“系列”，这在我们今天的作家看来大概是不可理解的。他由于常常直接面对听众，而且又是个性情中人，所以免不了要得罪人。那

1996 年 8 月，张炜在康科德寻访爱默生故居。

时就有人坚决反对自己的孩子去听他演讲，并连续发动有力的抵制。但爱默生从不畏惧。这使我们想到，19 世纪的演讲者，不是或不完全是因为传播工具的不发达才大批涌现的。这也是时代风尚、个人勇气等诸种因素的综合结果。

无论如何，作家的品质在退化或改变。现代主义的一个重要特征，就是作家们更多地、纷纷地走向所谓的“自我”，同时写作活动越来越走向职业化。他们再不屑或不敢像上一茬作家那样直接面向广大读者。大声疾呼者越来越少了；并且，一个“岗位”论者可以把退却和各种怯懦行为说得冠冕堂皇。

爱默生有太多的话要对人说。他是个多么不愿隐藏自己观点的人。当然，他觉得自己有这样的责任。这大概不错。一个优秀的作家当然不能太职业化，他如果说有自己的“岗位”的话，那就是永远站在牢记自己的责任、并始终要为这责任勇敢向前的“岗位”之上。非职业化的作家才是真正意义上的作家，才会融入精神的历史，他的思想才会织入时代的经纬之中。作家的最大行为就是写作，这样讲不错；可是一个作家的全部行为，他的一生，又会是一部大书：这样讲非但不错，而且还更为完整。

到了波士顿，立刻想到的就是爱默生。爱默生后来定居于一个美丽的小城，叫康科德。于是又去康科德。它离波士顿不远了。我很少见过有比康科德更漂亮的小城了，我相信像爱默生这样崇尚自然的人，才会毅然决然地定居在这样的静谧之地。

他的故居在小城西边一点，已经离那片有名的林子不远了。那片林子中有个极有名的湖，叫“瓦尔登”，湖边上曾有个怪人、作家、爱默生的朋友：梭罗。故居是一座带阁楼的两层小楼，白色。同样是白色的木栅门围起的小院里，绿草茵茵。等了许久，从中午直等到下午四点，才是开馆时间。

门口已经有了三四个人，后来又是十几个。有人从远远的加拿大赶来；当然更远的还是我，从东方，从孔子的那个省来到这儿。美国人大多都知道孔子。他们很自豪地介绍着他们的爱默生。

我注意到这座小楼在作家生前得到了多么好的利用。楼梯的拐角和其他一些角落，都放了一些书架。与以前看到的作家和其他人物的故居不同的是，爱默生的书虽然也是精装的，但都是小开本这与我前几天刚刚看到的美国铁路大王故居的藏书就形成了鲜明的对比。那些书一律大开本，豪华，彤光闪闪。

屋角有一个衣架，上面放了一顶小小的礼帽；再不远处，就是他的那根手杖了。仿佛主人刚刚从外面回来，摘下礼帽放下手杖，就上楼歇息去了。于是我踩着吱扭作响的楼梯往上。一张简朴的床，床旁仍旧是小小的书架。墙上有夫人的照片。他一生有两个夫人，第一个夫人叫爱伦，与他成婚后一年左右就病逝了，年仅十九岁。他第一次结婚时二十七岁。到了三十二岁上，他才与一个叫莉迪亚的女子结婚。墙上悬挂了两个夫人的画像，一个端庄，一个美丽。

一种爱默生特有的气息阵阵袭来。我打了个冷战。四处寻找，不知这气息从何而来。我看着楼上沉默的床，后来又从另一侧的楼梯回到一楼。我一眼又看到了那个斜放在衣架顶端的礼帽。是的，是它在这儿重现一个栩栩如生的爱默生。

1866年他获得了哈佛大学荣誉博士学位。就是这一年，六十三岁的作家给儿子爱德华读了刚写成的一首诗（《终点》），其中写道：

衰老的时刻来临了，／应该收帆减速……

佐藤春夫馆

这位日本作家在中国虽然影响不大，但也算个知名人物。他最有名的书，那本晚年写成的《晶子曼陀罗》，我们一直看不到汉译本。他那些用梦幻般的笔触写成的短篇小说我们也看得不多。只有《田园的忧郁》和《都市的忧郁》，被收进一些散文选本中。

极少看到有一个人像他那么厌烦都市，像他那样感知着走向现代化前夕的都市之病。作家本人已经深中了都市之魅。他深刻地反

1997年，张炜在佐藤春夫故居。

省自己，在一个角落抒发着特异的情怀。

作为一个小说家、诗人和评论家，他一生的创作可谓丰富多彩。在如上三个领域内，他都留下了自己的代表性作品，并产生了广泛的影响。

和歌山县的新宫市是他的出生地。而他的主要活动和生活的地方是东京。我于十月份到了东京，由于匆忙，竟没能到他的纪念馆去。为此，心中一直存有不少的遗憾。而在新宫市，我的这一心愿却得到了满足。到一个作家的出生地来看一看，这会是非常之重要的。新宫市十分看重自己的作家，不惜花费巨大代价，将作家在东京的一座楼房原样不差地移建到了他的出生地来。屋内一切面貌摆设，一切皆依作家生前的样子；就连房子周围的景致，也尽可能一丝不差地“完全照搬”。

佐藤春夫与今天的日本作家差异何等巨大。走进他的居所，立刻会感受到一种强烈的“上一茬人”的特有情调。这是一处故居，更是一处纪念馆；以我的感觉看，没有哪一个人物的故居比这儿更像一个“馆”的了。什么才是“馆”，这要具体地感受才回答得出。馆里的小桌、小椅子、小榻、小扇、小屏风、小画，小橱、小茶几，一律精细而规矩，圆润润油滋滋，一下就让人想起中国二三十年代的一些文人居所，还让人想起城里老人的一些“公馆”。

在这儿喝茶最好。

我觉得作为一个居所，这楼房的光线好，透气通风的窗子设计也合理。只是楼梯太窄太陡了，主人一上年纪就有危险。馆里陈列的几幅照片中就有一幅主人站在陡陡的楼梯上。那是主人60岁左右的样子。而我现在扶着楼梯上上下下都感到困难，脚下的吱呀声太大了。像许多老式日本建筑一样，它的板壁很薄，一律木结构，一碰咚咚，共鸣性很强。

与以前看到的西方作家居所不同，这儿透着一位东方老人的别一种情怀。比如西方一些作家的居所，给人更多的是一种舒适和随意感；这里则让人觉得闲适，多有情趣，是对生活的玩味，爽而不腻，清淡。住在这样的地方，穿和服好，穿西装不好；穿中式服装也好。我说过，喝茶更好。

佐藤喜欢抽烟，墙壁上挂的好几幅照片上，他都手持一根长烟嘴，上面插了一支香烟。

那一茬的日本作家汉文往往很好，书法也好。佐藤春夫的书法作品就悬在墙上；他的手稿镶在镜框里，也是毛笔竖写，所用的纸也是红条竹纸。他的砚和笔都放在一个显要的位置展出，在那儿静静的，散发着汉文化的气息。

佐藤68岁那年获得了政府的一枚文化勋章。老作家高兴地在自己的寓所前摄影留念。大勋章垂在胸前，衬着作家肃穆的面容。

四年之后，作家去世了。好像当时他正在自己居所里搞什么录音，突然就逝去了。

两年后，新宫市民会馆前面，建起了作家的一座“笔冢”。

艾略特之杯

美国有这样一个去处：它不算现代，没有当代都会最摩登的建筑，看上去好像也不那么令人眼花缭乱地奢华繁荣，但确是一个极有名堂的地方。它有故事，有传统，有自己独特的历史。这就是纽约区的格林威治村。

一些老文人都在这里留下了他们的踪迹，这儿的一些著名街道上，至今还能隐隐听到他们脚步的回响。

比如说“费加罗咖啡馆”。这真是一个美国人怀旧的好去处。它的有名，主要是因为当年的一些艺术家经常光顾。最有名的是大诗人艾略特，他在这间咖啡馆品味、写诗或获取灵感，总是流连忘返。

艾略特的代表作《荒原》中出现过这样的句子：“喝咖啡，闲谈了一个小时。”他有多少时候是在这间咖啡馆里度过的？我们不得而知。当年一个大脑袋、梳理着非常整齐的分头的人坐在桌旁，侍者走过来，面对这位老熟人微笑，为他端来一杯热腾腾的黑色饮料。他像是在这儿消磨并不太好消磨的时光，构思着他那奇妙的、不能预知的未来。

如今这间咖啡馆极力想挽留过去的时光，而拒绝走进二十世纪末。为了这个愿望，它已经用尽了办法。比如当年的旧报纸、图片，一张张都贴到了墙上；这里有非常多的老照片；当年墙上贴的老猫画，现在有增无减；当年使用的粗糙的老杯，现在依然在用。这是一种沉重的粗白瓷杯，样子极笨拙。这儿的咖啡又太浓，一般人都不加糖，所以成了真正的苦杯。

只有这种杯子才是正宗的艾略特之杯，我这样想。成功，极大的成功之前的杯子，都是这样的苦杯。这样的苦杯最耐品味。

不仅是杯子，就是桌子椅子，也都老旧。侍者穿了黑色圆领衫，朴素非常。他们都一律随和，微笑，看东方人的眼神让人觉得有趣。

整个格林威治村罩在夕阳温和的光线下，等着黄昏。这里的生活节奏仿佛突然变得缓慢了。在纽约，惟有这儿显得懒洋洋的。这就与纽约的百老汇、洛克菲勒中心、华尔街等地方形成了鲜明的对比。这儿没有什么高大逼人的建筑物，让人活得亲切、安适。在纽约，这样的地方就等于北京城里的“四合院区”了。看着街头的建筑，各种装饰，色调，即便是一个对此地毫无了解的人，也会有一种怀旧感从心头滋生出来。每个人怀的都是不同的旧，并不一定是格林威治村的往昔。比如艾略特，他当年走在这里的街道上，想的就是自己的心事。

这儿是老文人区，老艺术家流连之地，气氛特异，风俗不古。如今这儿有一些奇奇怪怪的角落，什么同性恋酒吧“查理叔叔”，著名的无政府主义者的定期聚会地，巨幅女性生殖器彩绘，所谓的前卫艺术；当然，这儿更有一些不错的画廊，有大大小小的书店，有东方才有的那种老古玩店。

这儿被称为“作家艺术家的圣地”。

圣地必有圣迹，费加罗咖啡馆算是一处。有人还会向你指指点点，讲述海明威，惠特曼，菲茨杰拉德……一串流光溢彩的名字。一个地方让一批、而不是一二位艺术家钟情，其中必有缘故。艺术家内心的向往在这里表达得多么清晰，这就是：他们可以远离奢华，但却不能没有为人的一份宁静、自由，以及蕴含了内在张力的那种创作的激情和欲望。

格林威治是一只满溢的杯，它盛了怀念、安逸、温情、激动，还有黄昏的光色。

梭罗木屋

多少人向我推荐梭罗的《瓦尔登湖》。几年前我看了。我得承认这是一本不会消失的书。不是因为它有什么惊心动魄的主题和思想，也不是耸人听闻的事件和故事，更不是令人沉迷炫目的才华。它的不可磨灭，是因为作者透过文字所表现出的那种怪倔异常的思路，那种执拗的不愿苟同性，那种认真而非矫情的实验精神。

他在林中生活了一年左右，而且那片林子离人烟稠密的康科德镇很近，在当年步行也不过三十分钟；现在步行大概二十分钟即可。据许多人回忆，那一阵的梭罗时不时地到爱默生家饱餐一顿，并在回去时带走大量吃物。再说那里有一个美丽的湖泊，湖里有鱼，梭罗常常垂钓。

总之在那里住一年二载不是想象的那么困难。瓦尔登湖边也绝非蛮荒老林。这些我在去瓦尔登之前就已经知道了一些，并有了如上的判断。我还不是那么容易就在书本面前冲动起来的人。我没有那么天真，天真到顺着梭罗的指示去想象，一路越想越远，最后感动得热泪盈眶。我有我的经历和经验，我知道什么才叫难和苦。我见过真正的苦难。瓦尔登湖边的苦太不算什么了。这是一个书生之苦，多少有点“为赋新词强说愁”的意味。

他的动人，在于精神。一个没有出路的大学生，一个被人嘲讽的年轻人，采取了近乎极端的方式，给眼前的文明世界来了一家伙。这需要勇气、勇敢，需要敢为人先的那么一种倔气和拗气。这才不容易。在一个文明世界敢于放弃，自我流放，敢于自愿地走向所谓的落魄，这绝没有什么好事在等着他。谁如果不信，就破罐子破摔地来一次试试。生命的实验不是闹着玩的，它形成的缺损，破洞，大多数时候不可修补。

梭罗一去不回头。不是不从林子中回头，他很快就返回了；而是他在已经选择的人生道路上再不回头了。从林中，从瓦尔登湖边回来的人，已经不能再像过去一样地做个好孩子了。结果他也从不打谱去做。他因不纳税而遭捕，还在里面写了《论公民的不服从》，准备在放他的那一刻宣读，对抗他认为的坏政府。人的自由，包括对坏政府的不服从，在他看来是一个人的基本尊严。这儿值得注意的两个字有“公民”。“公民”长期以来被赋于了一种奇怪的逻辑，这就是“服从”，而且是无条件的“服从”。这真是荒唐到了极点。公民的真正权利是什么，包括哪一些，从梭罗的这篇文章可以了解。此文应该成为当代公民的必修读物。他的这篇文章现在已成经典。

其实一篇《论公民的不服从》，即可概括梭罗的全部精神。不服从，就是不服从，不服从既成的一切陈规旧习与偏见。人生需要许许多多的探索和实验，勇于投身进去的，就一定是真正的人，大写的人，堂堂正正的人。

梭罗去瓦尔登一场，其实不过是一次行动的宣言，这宣言不是写在纸上，而是写在大地上，写在了瓦尔登湖上。

人们都愿意用诗人式的偏激来原谅梭罗式的言行。这其实是一种对探索者的侮辱。原谅者摆出一副宽容的样子，只是不知道自己的平庸与恶劣。请听听梭罗在文章中是怎样说的吧：

梭罗的小木屋

“现实地以一个公民的身份来说，我不像那些自称是无政府主义的人，我要求的不是立即取消政府，而是立即要有一个好一些的政府。”“我认为，我们必须首先做人，其后才是臣民。”“我有权承担的惟一任务，是不论何时都从事我认为是正义的事业。”

说得多么好。我们是不是自问过：我们曾经要求过这样的权利吗？这种要求现在看是那么合情合理。

我来到了瓦尔登湖。

我不想夸张，而是实实在在地说，我极少看到过这么美丽的湖。它看上去既不过大又不过小，而是正好。在视野里，它正好。碧绿碧绿，无一丝污染，四周都是高山，山上被绿色全部覆盖。关于湖的大小、形状，以及它的水产和春夏秋冬四时的不同景致，它的一些基本情况，尽可以去看著名的《瓦尔登湖》，它把一切都记述得详而又详。

湖的南面就是那片有名的林子了，梭罗就在那里亲自动手盖了一幢小木屋。这座小屋吸引了多少人的注意，引出多少意趣，已经是人人皆知了。它必有其特别之处，这是肯定无疑的。当年梭罗费尽心思搭起的屋子早已坍塌。而且我还怀疑是被好事之人给拆毁了的。中国外国在这点上差不多，那就是都太愿意破坏了，而不太愿意建设。不过这个世界上的多情者，懂得事物价值者，也大有人在。所以后来林子里又建起了一幢小木屋，并且与当年的一丝不差。不仅如此，而且里面的陈设也一一依照原样。

现在与过去的不同处，除了人去屋空之外，再就是小屋前面添了一尊梭罗雕像。他在那儿伸着手，好像在继续向人们诉说倔犟的理由，不服从的理由。棕黑色的木屋和雕像，简朴得就像梭罗自己。从小窗上可以清楚地看到屋内的摆设：一床，一椅，一桌。这些都在他的书中写得明白。

这屋子太小了，屋里的设备也过于简单了。这是因为一切都服从了主人回归自然、一切从简的理念。他反复阐述道：一个人的生活其实所需甚少，而按照所需来向这个世界索取，不仅对我们置身的大自然有好处，而且对我们的心灵有最大的好处。一切的症结都出在人类自身的愚蠢和贪婪上。人的一切最美好的创造，无不来自简单和淳朴。

他的理念是美的，因为饱受现代病摧残的当代人，越来越明白过分地消耗资源所造成的不可挽回的恶果，明白我们自身与大自然和谐相处的重要性。

因此我得说，我在瓦尔登湖畔看到的小木屋，是人世间最美的建筑之一。它非常真实，就像梭罗那么真实。而我们知道，时下的世界上，有诸多东西都是谎言堆积起来的。

作为一个作家和诗人，梭罗并没有留下很多的创作；但是他却可以比那些写下了“皇皇巨著”的人更能够不朽。因为他整个的人都是一部作品，这才显其大，这才是不朽的根源。

一个用行动在大地上写诗的人，我们要评价他，也就必得展读大地。

他是一个如此放松的人，亲近自然，与周围的一切和善相处。他在当年出门时几乎从不锁门。他发现来光顾这间小屋的人也大致友好，他们既不破坏也不拿走这里的东西。他觉得一切既是大地所赐，那么他也就没有理由将这些东西据为已有。他把木屋向着世界开放。

而今我看到的却是一个锁闭的小屋。

他离我们远去了，于是后人就把他的小屋禁锢起来。

惠特曼的摇床

美国长岛出生了一位伟大的诗人，他就是写《草叶集》的惠特曼。以前觉得他非常遥远，远在天边。然而今天读他火热的诗章，随他一起歌唱“带电的肉体”，于感动之中又多了一份亲近。他是一个脉搏扑扑跳动的、远在天边近在眼前的人。他的一生最重要的创作叫做《草叶集》，他永远难忘的正是长岛的蓬蓬绿草。“骑马围绕旧地，／观察沉思停留，／五十年前的景象，／我的童年……在我诞生的房子，／在一片丰腴的草地中。”

惠特曼故居

多么渴望看一眼他所独有的那片“丰腴的草地”。

这一年十月，一个最好的季节，我来到了长岛。从纽约乘火车到长岛不到半天时间。这儿风景如画，是美国人，特别是纽约人最为向往之地。然而在当年，在惠特曼出生时节，亨廷顿小镇还到处是林密草深的野地，据记载当时不过是一条街，两排木房。他出生的屋子就在这样一个地方，在一片草地上。

这是一幢十分简朴的二层木楼，外墙皮披满了木板，已被时光之手漆成了棕黑色；这样墙上几个乳白色的门窗，倒显得特别白亮出眼。楼的四周都是草，浓绿浓绿的草。

一推门进去就是一条窄窄的过道，过道一旁是厨房，一旁是一间稍大一点的客厅。这儿陈列了当年家里的日常用具，如切肉的刀，烤肉的架子。客厅连接着卧室，里面一个不大的壁炉，炉边就是一个触目的大床。这个大床上铺了蓝白相间的布幔，极像中国的蜡染布。床的四角立着木杆，支起了幔帐。诗人就诞生在这张大床上。而床的一边，又放了一个独木舟似的小床——摇篮床，极小极小。这就是他一二岁时使用的卧床，一个可爱的人生之舟。

谁在当年想得到，这个平凡的娃娃将由此启程，驶向整个的世界。

踩着吱吱响的木楼梯登上二楼。这儿主要是两间：一间出售他的书籍和纪念品，一间悬挂了许多诗人的照片。有一幅黑白放大照片我以前从未见过，是诗人头戴礼帽、留着雪白大胡子、进入庄重的老境的一帧。这张照片特别令人感动，我在照片前默视了十几分钟。一旁有放大的诗人的手迹，这就是有名的诗句：“船长，哦，船长／可怕的航程已经结束……”

当年林肯总统被刺，消息传到惠特曼家中，诗人立即写出了这首著名的诗篇。他在诗中称这位总统“脸极丑又极美丽”，说这位总统崛起于“木屋，林间的空地和树木”。这使我们想起诗人自己也是

崛起在同一种地方。也正因为这种出身，这一类人才往往具有极强盛的生命力，这是其他人所无法比拟的。他们都是极普通的草叶，然而却永远不会消失。它们从天涯海角长到高山之巅，在天地之间燃烧。草，野性的草，织成无垠之海的草，在风中扬着波涌的草，永远都可以作为人民的象征。

而诗人从来都属于底层，是他们的一个不会屈服的、鸣叫的器官。

惠特曼曾在长岛当了一年左右的小学教师。有一幢红色的小房而今改成了私宅，它就是当时的小学校舍。从学校离开后，他又投身于报界，亲手创办了一份《长岛人报》。但这份报纸不过办了十个月，就被他出让了。他认为报纸的生命实在太短暂了，“报纸来得快，去得也快，生命和死亡几乎同时”。

这份报纸至今还在办着，并在上面印着创办人的头像，表达着它的非同一般的出身和渊源，也表达着后来人的永久的纪念。

办报结束后，他就只身一人去了纽约最繁华的曼哈顿。他在这个世界上最热闹的角落整整度过了十五个年头，据说至少在十家报

张炜在惠特曼使用过的书桌前

纸工作过，在印刷所当学徒，干过木匠，甚至做过房地产生意。这时候的诗人多半在为生计挣扎。他这一只航船在水面上徘徊，等待着一泻千里的机遇和时刻。

他从纽约曼哈顿出发，又去了布鲁伦。就在这儿，在朋友开设的一间印刷所里，他自己排字，印出了第一版《草叶集》。

我们仿佛看到诗人的小船正在起航，加速，船头顶起了微微的波浪。

然而这本书印出七年多了，诗人仍在为解决自己的生存问题而不停地劳碌。他一边补充这本心爱的书，不断地填进新的诗篇。接着第二版第三版出版了。它开始走向自己的完美。它的粗倔的声音响彻美国，英国，最后传遍了全世界。

我把长岛亨廷顿的草当成了绿色的海洋，我把诗人最初的摇床看作了一只航船。他从那里驶向四面八方，驶向我们。

北美洲的风雨日夜不停地冲洗着这间棕黑色的小屋。它默默不语。不，它在吟哦。

我们屏息静气倾听，听到了如海潮一般的呼啸。是的，这正是《草叶集》引来的咆哮，它已势不可挡。

责任，理性和浪漫

经过了十五年的辛苦准备，第一届世界公民大会于2001年12月2日，终于在法国北部的工业城市里尔开幕了。这次大会的组织者来自许多国家，从发达国家到贫困的第三世界，都有人参与，并且在十二年漫长的准备时间里始终如一地勤奋工作。这个过程中，欧洲梅耶人类进步基金会提供了至关重要的支持。本次大会的主要发起者和组织者，是东道主法国。

里尔是法国北部一个历史悠久的工业城市。这个地点的选择极具象征意义。大会开幕式上，主持人特别指出：这次大会的会址（国际会展中心），离当年《国际歌》响起的地方大约只有100米。可见这个会议地点的选择绝不是一种巧合。在法国许多人的心目中，《国际歌》不仅仅是一曲砸毁旧世界旧秩序的号角，更是一支人之歌，是人的尊严之歌，生存之歌。这支歌号召人们马上动手去争取一个美好的明天，丢掉幻想，并且从即刻起就开始反抗。

会议代表来自全世界的每一个国家和地区，共四百多名。会议组织者的理念是：代表们来到了里尔，也就成为"世界公民"，不论是总理还是部长，是市长还是农民，是联合国特使还是将军，是艺术家还是欧盟发起人，是白人还是黑人，此时都是同一个身份同一个面孔：世界公民。大家具有平等的发言机会，面对的是一个共同的责任。

12月2日下午3时，旷敞的里尔国际会展中心会议厅里座无虚席，在一阵阵热烈灼人的非洲鼓声中，四百名身着本民族服装的与会代表开始入场。每个国家和地区的代表队伍前面都有一个裙装少女，她手举木牌一路引导，很像奥运会入场式。在全场人群的欢呼声中，在密如骤雨的鼓点声中，代表们不由自主地举起了双手，一个个都举起了双手，向着全场摇摆不已。

台上的大背景是一阔大银幕，它由三个大画面组成：中间一个是会场的动态映象，两边分别是会标和主题辞。台上摆了三组圆桌，偏向最右一侧的是司仪台。斑斓的光饰与绚丽的背景交相辉映，给人一种梦幻感。其实整个会议就是一种梦想。坐在台上圆桌周边的三组发言人，此刻很像童话中的角色。然而它的热烈与庄严，肃穆与梦幻，却是得到了完美的结合。这样的场景与情致，确是一般的大型国际政府间集会所罕见的。

会议一开始就向大会逐一介绍与会代表：从非洲开始，国别，职业，角色与业绩；随着介绍，该代表的巨大头像就映在了中间的大银幕上——就这样一一介绍下去。这不禁使我心生疑惑：四百多个人呢，就一直这样数叨下去？这要占去开幕式的多少时间，难道有必要吗？是的，人家就有这样的一份耐心，而且介绍起来无一遗漏，不厌其详。会议的主体是世界公民，它有赖于公民的直接参与和倾力支持。

开幕式上，各洲都有一两位代表登台，即席发表激情演讲。给人印象深刻的是几位欧洲老人的发言，他们这会儿既是白发苍苍的智者，又是天真烂漫的孩童。精美的文辞，真挚的情怀，强烈的责任感，永不褪色的浪漫主义。他们对今天的世界充满了不安，对全球范围内的公民行动寄托了深长的期待。

在几位代表发言的间隙，还穿插了一位非洲歌手的吉它弹唱。一时间，全场都在一种稍稍野性的歌喉中深思和陶醉，大家不时回以阵阵热烈掌声。非洲歌手之后是法国前总理的讲话，尔后又是欧盟创始人……当会议进入了后半时，一位年逾花甲的里尔歌手又登台演唱了一首家喻户晓的当地民歌，这马上引起了全场的共鸣。许多人与之迎合，击节连连。此时已是太阳落山，夜幕四合，而会议大厅里仍旧灯火通明，群情激越，心潮逐浪。

整个会议将历时八天，这期间要有许多次不同的分组讨论，如按职业类别分组，按语种分组，按主题分组，按地区分组等；最后一次是大会的总结和报告；尔后就是闭幕式。会议期间将穿插多次晚会和表演，还有特别主题的小型报告会和讨论会等。

说第一次世界公民大会是一个伟大的梦想，是指它的浪漫与雄心、胆略与气魄。在长达十五年的准备工作中，会议发起者已在全世界范围内进行了卓有成效的实践与探索，以基金资助运作的形式，先后与二百三十多个国家和地区组织建立了联系，展开了广泛的合作。十五年来，基金会共建立了“农民农业”，“社会与现代化”，“地球未来”，“文化间交流”，“反对社会排斥”，“国家与社会”，“建设和平”等七大项目和十多个工作班子，确定了十大工作主题：一，价值体系及其体现的演进；二，科学技术的重新定向；三，尊重他人与生物圈的生活方式；四，新生人类与生物圈的生产模式；五，充实而平衡的交流；六，领土整治管理；七，为负责与团结的世界服务的公共结构与政策；八，国际社会的管理；九，人类与生物圈之间关系的管理；十，进行变革运动的条件和方法。

第一届世界公民大会得以召开，走过了一段漫长而曲折的道路。早在1986年，八位法国社会学家和科学家聚在一起，希望以集

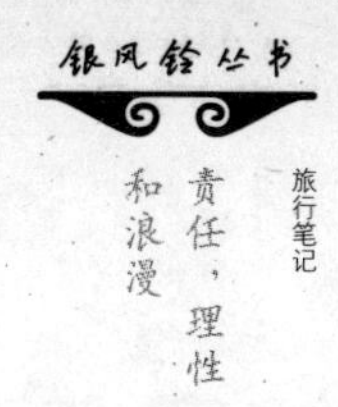

体智慧的形式对重大的技术危险进行思考。这就诞生了有名的“威泽雷小组”。梅耶人类进步基金会给予了经费组织等各方面的支持。当时的研究主题有四个：高层大气压演化；民用核工业的危险；生物技术；技术演进中监控机制的阙如。第二年，第一份小组文件就产生了，它强调：面对重大不平衡的危险和新的大自然，一场全面的变革势在必行。这一变革不仅是技术和经济方面的，而且涉及到价值、权利、政治、教育等各个方面——我们社会的传统管理、调整方式已经不能完成对变革的实施。

在接下来的十三年间，“威泽雷小组”经过了无数次的努力，在全球各地展开了广泛的接触与对话，先后召开了七次大陆级会议以及著名的国际工会大会。这些行动的结果，就是1993年形成的《协力尽责联盟纲领》，还有1992年起草的《地球宪章》讨论稿——该宪章被视为当今世界共同体的三大支柱之一：它的最终形成，将是继《人权宣言》和《联合国宪章》之后的又一基础性纲领性文件，势必对未来世界产生深远的影响。1996年，六十多个工作小组建立起来，并在巴塞罗那召开了第一届联盟成员大会。至此，“威泽雷小组”的使命完成了，取代它的，是新的联盟。

1997年12月，联盟于巴西的圣保罗召开了第二届大会。两次大会中遇到的组织困难、误解与复杂性，使得成员们意识到，联盟不仅要有自己的行动方案和哲学，而且十分需要思考自身的运作方法和组织模式。因此，大会产生了一个方法协调小组（ELF）以沟通各组成部分。它所思考的问题有：1，联盟自我定位——是否是“反资本主义”和“反全球化”？是否是受排斥人民的代言人？或者它更应当是一个不同领域、不同观点的对话空间？2，行动方式与权力——是否作为压力团体出现？或一个体现现实复杂性的场所，在那里会有新思想产生？

作为法文本的联盟纲领，固然有一些概念使用中的缺欠和文化多元性的不足，但它对当今世界存在的问题的深刻把握，它所准确捕捉的人们共同感受到的无力感，以及它的激情和清新的精神面貌，都令人十分振奋和感动。联盟的存在，它的全部行动，的确是由公民的理性和浪漫、由一种深长的感悟和责任作为支撑的。

在讨论中，各国代表趋向一致的看法是，当今的世界确乎是由一些最基本的矛盾构成的，比如：人类迅速增长的科技能力与伦理水准的急剧下降；强烈的商业欲望与可持续发展；个体的创造自由与类生存原则……所以，大会上需要通过的宪章草案最初命名为《世界伦理宪章》；后来，仅因为“伦理”作为一个概念需要太多的解释和界定，才更名为《世界责任宪章》。

在九天的会议中，有那么多的争执和讨论，那么多的慨叹和感动。看到一个个年迈的欧洲妇人，一个个来自第三世界的民间活动家，艺术家、官员、将军、农民、律师，他们为一个观念和见解的永不气馁的争辩和强调，你就会觉得每个入会者都或多或少肩负了世界的明天。这种不可承受之重令人松懈不得，游戏不得。果然，会议间，每个人都陷入了一种伟大的精神，都在展开自己的忧思。

也许是代表们的思索太沉重太剧烈了吧，会议组织人员特意在间隙里安排了许多有趣的活动——几乎每个夜晚都有简朴的冷餐会、酒会；主会场外的大厅里，从未间断过歌手的演唱。而且大厅的背景由别开生面的劳作组成：一群非洲或南亚艺人在忙着手工编织。整个会议期间他们都在认真工作，那披挂起来的地毯绠线和其它织造材料好不绚丽。这是一种有关会场布置的奇思妙想，大约属于现代主义；但更是关于整个会议主题的切近关照：民间性。

特别令我难忘的是会议结束前两天晚上的酒会：一边的舞台上是艺术家们的精彩表演，一边是一群孩子在作画。酒会过半，孩子们突然涌了过来——他们原来要把自己的作品赠献给来自各地的世界公民。孩子们纯稚美丽，仰脸看人：当代表们分别收下他们的作品时，一副副小脸上那种羞憨而又幸福的神情啊，让人过目不忘。

别了，里尔，《国际歌》奏响之地。

这儿再次让人感受到人类庄严和伟大的一面，并领会了商业狂潮也无法淹没的理性，以及作为人的那种——纯洁。

国内游记

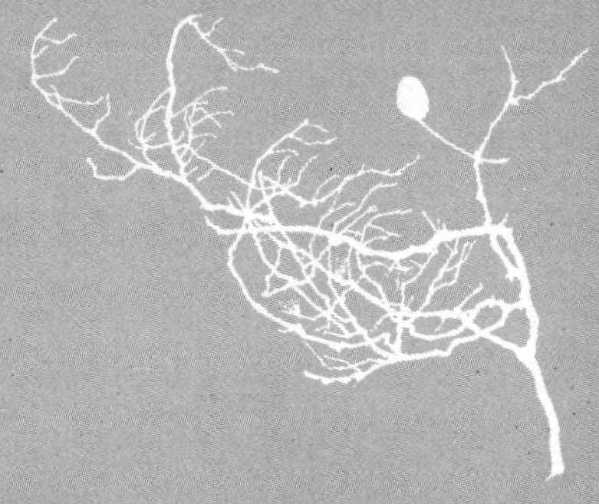

东北行

8月初，燥热的城市降雨了。雨水急一阵缓一阵，天气凉爽一些了。夏日干旱，城里的人们喜欢雨，很多人冒雨在街上走着。

8月12日，我们离开令人欣喜的夏雨，出发去东北了。

壮丽的北国风光吸引着我们，热情的东北朋友召唤着我们。

第一站沈阳。沈阳为辽宁省会，是东北最大的工业城市，这里不仅以机电和重型机械制造工业闻名于全国，而且聚集着一批优秀的艺术家。我们抵达车站时，一些艺术家们早已在那儿等候了。

这里有著名的沈阳故宫、北陵、东陵、辽阳壁画墓群；有钢都鞍山、千山风景区……都是人们久已向往的地方。由于时间的关系，我们只得忍痛割爱，仅游览了沈阳故宫和北陵。

从沈阳出发之前，刚从外地归来的一些作家又闻讯赶到招待所看望了我们。当晚，他们陪同观看了沈阳杂技团的精彩表演，大家一起度过了一个愉快的夜晚。

晚会上，最使人感动的是一个表演蹬车踢碗的青年杂技演员。他非常年轻，一个初出茅庐的新手。灿灿华灯之间，睽睽众目之下，他失败了一次，又失败了一次……台下多少人为他惋惜和忧虑啊。但他并未终止这个节目，一次又一次从头做起。不知失败了多少次，汗水像雨水一样从他身上流下来，谁都相信他再也没有力量了。可他咬着牙关，还是做下去。但是接上又是一次次的失败……突然，他飞起一脚，踢中了！成功了！整个剧场里响起了暴雨般的掌声！走出剧场时，我们当中有人说："再也没有比这个动人的了。你看，人干什么都行。""如果写一篇东西，题目就叫'失败者'。""他大概很难忘记自己的这场表演。我们很难忘。他一次次失败时，顶着多大的压力啊！……"

出访团到了吉林省会长春。

长春是一座美丽的城市。这儿的街道笔直、宽广，满城都是碧绿的树木。一个个花园漂亮极了，坐落在街心，真正像嵌镶起的翡翠。人们都自然而然地在心里与自己的城市做着比较。人都爱家乡爱故土，谁也没有贬低故土的意思。可大家还是看到了长春令人惊羡的地方，比如这里洁净的空气，葱绿的林木，街道上稀稀疏疏的行人……长春的人们走在街上，脸上洋溢着笑容，步履轻松，怎么也看不到闹市人的那种急躁和激烈。这里更多的，好像是"温柔"与"和谐"。

吉林省和长春市的文学家艺术家们，十分热情地接待了我们。他们多次陪同我们参观、访问，给予了令人难以忘怀的支持和帮助。

天下驰名的第一汽车制造厂就在长春。在这儿我们有机会一饱眼福，得以了解我们最大的汽车制造工厂。厂区里马达声声，机器轰鸣，大工业的气派使人有耳目一新之感。大家有些兴奋。

参观汽车厂的当天下午，大家又去看了日本帝国当年在长春修建的"皇宫"——溥仪在这里做"皇帝"。他的《我的前半生》里，对此曾有很多描述。这里有皇帝往日用的游泳池、"御花园"，还有仿造的一座"长白山"！

长白山——一座充满了传奇色彩的大山，一座在人们心头闪射光彩的大山！山上，有密林；密林，有老虎；山头，有天池；天池，是神仙遗落在人间的一面亮晶晶的镜子……人们此刻看到假仿的长白山，很想立即踏上去长白山之路——这次赴东北的主要目的之一就是能亲眼目睹长白风姿啊。

我们又急于离开美丽的长春了。

但好客的主人继续挽留了我们。他们为使大家与吉林的艺术家们有更多的接触，特意安排了一场文学报告会。

离长春前夜，吉林省的艺术家为客人举行了送别酒会。酒会上，大家相互举杯祝酒，表达了良好的祝愿、深深的谢意。

接上是奔赴长白山区的通化市，准备几天之后即攀登长白。

我们宿在了长白山下的露水河林业局；第二日，即在林业局宣传部的同志陪同下，驱车进入长白林区，开始攀登长白。

大家都是第一次进入长白山林区。车子在林间穿行，浓绿的颜色染透了车窗，秀丽的景色不断从窗前闪过。不仅是爱惊奇的女同志，就是男同志也常常惊喜地呼喊起来。这就是森林吗？这就是原始森林吗？白桦！美人松！一截截倒下来的巨木，一片片滑润的青苔；阳光照射不透的层层枝丫，在空中交织；湿气在无声地飘逸，乳色雾幔在吃力地拉开……现代社会生活中，人工留在大自然上的印痕太多了些，而在长白山森林保护区里，人们第一次看到了自然生长、自然消亡的树木和草棵、青苔。这里，枯老的大树不知在何年何月倒下了，它身上挂满了苍青的苔衣；弱小的树木因为有大树的挤压，正费力地、拙倔地从空隙里挣长起来。这里的一切给人的印象太新鲜了。

“林里有老虎吗？”

主人回答：“据说只有六只。”

“有鹿、熊……吗？”

“大约很多……”

然而最终还是没有看到它们。动物会动的，它们那对机敏的小眼睛人们看不见，但你可以想象得出：听见马达声，那对小眼睛会圆圆地睁起，透露出一丝儿惊慌、一丝儿迷惑，或许还有一丝儿顽皮，然后身子一纵，跃向林子深处了……

穿过林子，来到长白山脚下。登山吧，上面有天池！

主人和客人一块攀登，谈笑风生，化险为夷。

天池像一面镜子。东北的一位散文作家说它是神仙遗落在这里的。神仙遗落了，人间得到了。世世代代，多少人风尘仆仆赶来，为的是让它映照一下自己的容颜。大家走了几千里，如今终于也站在这面“仙镜”面前了……不知为什么，大家聚集在这里，一时间都不说话了。很多要说的，一时说不清，说不准确，索性就不说——大半是这样。长白山峰，巨石凸立，岩壁在阳光下生辉，崇高严峻；天池一面，银色耀目，无波无澜的一片活水遮隐着无尽的秘密……这一切，怎能不引人遐想。

天池这面仙镜是中朝人民共有的。在天池的对面，朝鲜的朋友们也在山峰上眺望——有人碰巧带着望远镜，于是看到了对面朝鲜少女那飘飘的红裙……

天池是神奇而美丽的。天池有着各种传说。人们说：天池上从未跑过船……天池不知有多么深，它也许通向地球最深处。有人说在天池水面上看到过“水怪”；有人说根本不是“水怪”，是“熊”！有人说，每年里都有一群仙女在这里洗浴，而凡人是洗不得的——谁见了有人敢于在这儿洗澡游泳呢？……所以这些传说，扑朔迷离，真正交织成一首“天池朦胧诗”！

这一天，大家就在天池旁边野餐，拍照、拣怪石，流连忘返，直到天黑下来才回到山下的露水河林业局。

我们在林业局住了四天。

极具特色的林区生活吸引着我们。大家故意不要向导，穿过密密的林子，踏过大片的野草；我们自己寻找老猎人，听他们那惊心动魄的狩猎奇闻；我们在林业工人中不知找到多少“老乡”，一块儿叙着“乡情”……我们在这里看到了典型的关东人，坐在“东北大炕”上，和主人一块儿摄影留念。那一堆堆木材，一座座木屋，都是在别处很难见到的。这里的“木屋”是名符其实的：木墙、木瓦，就连烟囱，有的也竟然用木头来做！……记得一次到山上去玩，要通过一条浅浅的小河，由于四周没有合适的石头来踏脚，人们就搬来一些木块作了踏脚石。……这儿的木头真多啊！

告别了长白山，告别了林区，要到吉林市了。长白山之水润湿大家长途旅行焦渴的喉咙，我们要放声歌唱了；原始森林密密层层的枝叶给大家心头留下一片绿荫，我们展眉微笑了……在列车上，每个人都在回忆着美丽的长春，壮观的长白，回忆着好客的主人。

来到吉林。

大家看到了一座秀丽的江城。松花江，松花江大桥。松花江是发源于天池的，我们是从大江的发源地来到这儿的，受到了这座城市文学界的热情接待。大家又一次掉在了友谊的海洋里。

在吉林市停留了三天。在这期间，我们参观了久闻其名的“丰满水力发电站”；游览了江城市容。

主人再次组织了报告会。是日大雨，吉林市的文学青年纷纷冒雨参加报告会。小礼堂里挤得满满的，约有五百人之多。一次次掌声打断台上人的讲话，礼堂里，欢快的声浪一次次淹没了报告人的声音。这真是一座文学的城……

东北之行最后一站是哈尔滨。

有一首歌叫“太阳岛上”。人们很早就想亲眼看一看哈尔滨的夏天。来到哈尔滨已是夏末，大家终于看到了“哈尔滨的夏天”。

哈尔滨是东北的一颗明珠。这座城市历史悠久，是关内很多人向往思念着的地方。松花江流到这里，江身变宽了。江流冲刷出很多土渚和沙堡岛，上面生满了河柳。最大的就叫“太阳岛”，如今已是一座花园，一处疗养胜地。关于它的那首歌，很优美，很多人在唱。踏上哈尔滨的疆界，人们的脑海里自然会颤响起那个旋律。

哈尔滨的大街上，楼房大多涂上了乳白的或浅黄的粉色，打扮得像一个漂亮的北方姑娘。黑龙江省的艺术家们到站迎接。人们坐在通向市内的车里，首先注意到的就是那些乳白的或浅黄的楼房……

主人安排我们住在了花园村宾馆。

当天晚上，《北方文学》的编辑同志就到宾馆里看望了大家。他们当中有两个山东籍的同志，“乡情”又在谈笑之间洋溢开来。

之后，《小说林》杂志社的同志们也来到了花园村。他们扔下了繁忙的日常工作，亲自陪同大家游览市容、参观太阳岛。大家怀着激动、喜悦的心情，摇动橹桨，一同划行在松花江上。太阳岛是美的，松花江是美的，但深深打动我们心弦的，是朋友们一片真挚的情感。从他们那双眼睛里，我们看到的是最美的东西。

我们在哈尔滨住了五天，这是大家出访以来，在一个地方、一座城市住得最长的一次。

美丽的花园村宾馆，青藤绕木，林树蓊郁，山楂红了，一串红摆成一片方阵，在阳光下摇曳，似一片燎动的火焰……但我们很少在园中徜徉。白天和晚上，只要没有安排参观活动，都忙着做自己的事情了，几乎不愿过一天松散无聊的日子。从沈阳到长春、通化、吉林，再到哈尔滨，活动日程安排得满满的，几乎没有一天以上的空闲时间。但即便在这样的环境中，大家仍能铺开稿纸……

我们即将结束对最后一站——哈尔滨的参观访问，就要乘车离开东北，回到自己的城市了。

时间过得很块，转眼近一个月了。这段时间里，我们活动在富饶的东北土地上，感受到了东北人民、东北艺术家们的深情厚谊。我们走江过川，攀山越岭，领略了长白山的风姿、松花江的秀丽；我们与众多的文学艺术界朋友在一起……

9月3日，晴空万里。飞机将顺利按原计划起飞。

机场远离城区，热情的东北朋友又远道赶来为同志们送行了，大家无不十分激动。我们每个人都在心底默默祝愿，祝愿他们幸福、顺利、健康、愉快！我们衷心欢迎东北的朋友们到我们的城市来！

大家登上舷梯，向送行的朋友们挥手告别。

再见了，松花江、太阳岛！

再见了，大东北！

三叉戟飞机在跑道上滑行。一阵轰鸣，飞机在呼啸、冲刺，接着稳稳地离开地面，向蓝天飞升！

飞机将飞过松花江、辽河、万里长城、密云水库、燕山……大家坐在机舱里，沉默不语……想些什么呢？大家仍沉浸在刚才送别的气氛之中，思念分手的东北朋友，脑际再一次闪过他们的面容……

三叉戟仍在飞升。机翼渐渐与白云平行。

往下望，田畴，楼房，河流，清清楚楚，显得更加娇秀。

“还要飞升吗？”不知谁问了一句。

没人回答。因为飞机正在升起。白云飘到下面去了，渐渐化为一簇棉堆……往上望，灿灿阳光，蓝天再无一丝云汽，真正是一碧如洗啊！

苏东坡之波

第一次接触这伟大的、浪漫的作家，是在胶东海边。一想起“苏东坡”三个字，就马上想到了那片天色，那片海浪，那种清冷的气氛。这就是我心中的苏东坡，关于他的感觉的全部。

过去的登州府所在地即今天的蓬莱城。城西北有个蓬莱阁，阁里有苏东坡那块有名的石碑。那块石碑上的字据说越写越自由，畅美的苏家书法就这样留在了高高的阁上，供人瞻仰，发出无尽的慨叹。苏东坡只在登州呆了极短一段时间。这是因为当年朝廷黑暗，不断地对年迈的苏东坡任任免免，故意让其在上任的路上折腾。往往苏东坡刚到任还没有几天，新一道改任的圣旨又到了；更有甚者，苏东坡正走在赴任的路上，新的任命就在后面“飞马来报”了。这是催命。

故意不让一个杰出的人物安定，而且企盼他在百般折磨中早夭。阴心之恶，古今皆然。

苏东坡尽管只在登州呆了短短的一小段时间，传说中也还是为当地人民做了许多好事。站在阁上，凭海临风，想象他当年在这片大涌前的领悟。他的显赫与坎坷，大起大落，大概在古今文人当中也是十分罕见的了。对于世事的洞察力，他不会亚于当时和后来的所有智者。一个敏锐的南方人，多情的南方人，一个怀才不遇的诗人，一个常常倒霉的天才——就是这样一个人，做梦也想不到被一家伙支派到了这个海角。当然他后来还谪居海南，那里离死神只有一步之遥；但他毕竟是个南方人，往南，在我眼里并没有什么稀奇。让我稍稍吃惊的是他这一次竟然来到了我的家门口。我的出生地离这里可太近了。

我长时间注视着这个神秘的伟人流连之地，试图寻到他的脚印。

我站在阁上，迎着北风，看着浪涌把海底的沙子荡起。这浪涌一代一代荡个不停，人生也只能这样注视它。人的感悟力原来是无边地有限。比如现在，一个人如此地怀念一个既陌生又熟悉的先人。

后来我又去了杭州。杭州与苏东坡的名字连得更紧。作家在这儿呆的时间长得多了，所以作为也多。他在这儿整修了西湖，留下了举世闻名的“苏堤”。

我去杭州的时间是一个秋天，菊花正好时节。记得那一天有些冷，和我同行的一位朋友不断地在身侧发出“嗤嗤”的声音，夸张地表达着捱冷的感觉。天要变了，天色已经不好，偌大一个西湖显出了灰暗阴沉的样子。风在隐隐加大，湖水已经在拍岸了。秋天的感觉非常强烈。

我又一次觉得苏东坡一生都是在这种秋冷里编织他的梦境。他是一个浪漫的人，一生无论怎样坎坷，都童心未泯，都要设法做一些梦。他至死都要追求完美。他这一生，从南方到京都，被贬，被宠，宦海沉浮，多少次死里逃生。可他仍像一个孩童那样纯洁无邪。

他也有幸，后来结识了一个叫“朝云”的女孩。

朝云好。朝云非常好。她小小年纪，却有能力理解博大的、命运多舛的诗人，理解顽皮的、以酒浇愁的诗人。她娇惯他如同娃娃，他厚待她如同小妹。他们相持相扶走完了一段奇妙的人生里程。

自从朝云死了之后，苏东坡就跌入了大不幸。命运对他一而再、再而三地击打，然而只有朝云之死，才是致命的一击。

水波扑扑，都是诉说。

蒲松龄之道

我看过蒲松龄的画像，彩色的，坐在大圈椅子上，穿了官服，一绺胡须。他希望留下一个官的形象，尽管一辈子求官不得。据说他的代表作《聊斋志异》就是刺向官府的，寓意极多。求官不得，又发现官坏，就刺官。

他离我们很近，所以关于他的行迹考证起来并不难。山东一带是他生活的地方，所以去的地方也比较多。他还曾到南方短期生活过。崂山上，太清宫面南大殿，左边的厢房就被指定为蒲先生当年

位于山东省淄博市淄川区的蒲家庄。（牛国栋　摄影）

蒲家庄内的蒲松龄塑像。（牛国栋　摄影）

写书的地方。这个厢房阴气甚重，方砖铺地，小桌卷边，很有些特色。

我已经去了崂山许多次，每一次都小心地探头看那个小厢房。里面有浓烈的香味和烧纸味。这气味传达的是一种说不清的感觉，但非常熟悉。我并不觉得有多么浓烈的宗教气息；相反，一种世俗的、底层的感觉，一种迷信状态，总是在烟火里环绕着。真正的宗教并不完全依靠迷信支撑，相反，它总是由求知的主体来确立。宗教离开了科学与思辨，也就开始变质。

蒲松龄的书总由极多的矛盾所交织，并不像一些研究者说的那么简单和纯粹。他们说他是借说鬼道妖来刺贪刺腐。其实他的兴趣分散得多，思想也芜杂得多。比如对待官场，他的态度就有羡与嫉，有恨与鄙，更有些不可割舍的情结在。他是一个迷信的人；而迷信，与我们现在讲的"宿命感"又有不同。迷信是一种更简单的、更浅直的思维。总之他是一个非常民间化、底层化，非常世俗化的文人。他是个文章高手，但又仅仅是个乡下秀才。他的境界还停留在乡间秀才的水平上，这又与他极高的文字技巧与修养不太相符。

其实这种现象古今皆同。当今文场也是这样。不少人在走"大俗大雅"的文路。这样做不是深得文章之道的结果，而是囿于各种条件走不出自身屏障的缘故。这样的道路也只能"大俗"，并由此获得自身的生命力。但这样做到了极致，往往也只是第二流境界。因

为这样做其实只是“民族唱法”与“通俗唱法”的混合物。而第一境界常常由“美声唱法”或“民族唱法”才能到达。因为手法本身也需要一种纯粹性。

蒲松龄之道，是松弛就便之道。

我从浓浓的烟火气中，真实地感到了这位说狐的高手。小桌冷清，冬天会格外艰苦。想一想这里的寒夜，烛光跳跃，老先生勉强握住一支毛笔，写出自娱的文字。一个失意的秀才如果没有自娱，简直就是要了他的命。

从崂山的写作厢房再回头看淄博故居。那里的陈设也像一个庙。那里面供的是蒲先生。

有这样的屋与人，才有那样的文字。这样的文字有别一种色彩。乡间隐秘都从他的笔底透露，各等传闻也都由他转述。他是一个民间故事的搜集者，也是一位整理者。他在记录和整理的时候并不那么忠实。因为他总顺着自己的心愿改写一二或大部。好在那些传说的精神仍然完好地保留了，这又构成了他的文章之魂。他的全

蒲松龄常于柳泉旁设茶待客，搜集民间故事。（牛国栋摄影）

部文字，其实正是以这样的民间魂魄来传世，来不灭。

中国民间喜欢迷信。如果想在民间畅通，一个文人就要装神弄鬼。蒲松龄的可贵处是他并不太装，而是真信鬼神。这又有了一份纯洁和简单。他的故事的魅力，自此也就滋生出来。这样，他既有了不平凡的一面，同时又有了民众喜欢的一面，二者得到了相当好的统一。

《崂山道士》一篇流传甚广，也是他的作品中较易诠释的一篇。故事生动，新鲜，而且发生在一个道教圣地，人们可以具体地指点言说，进一步地生动。还有一篇《香玉》，就是写太清宫的白牡丹和耐冬——它们变化的仙女。

我在崂山上看到了仙风道骨的人。他们就是道士。蓝衣，黑冠，白袜，裹腿。走路时双手轻甩，灵动生风，有些爽气。看着看着想起了蒲松龄笔下那个又荒唐又不走运的年轻道士，心中一笑。当年蒲翁真的在此写下了这个奇妙的传说吗？不敢轻信。不过他来过崂山，并多有流连，这大概是可以肯定的。

台港小记

不陌生

作为一个五十年代出生的人来说，总会对台湾这样的地方有一些特别的想象，比如相逢后起码会有较大的陌生感，或者看到许多想象中的奇形怪状。因为我们不久以前对这个地方还是一无所知。它是另一片土地，阳光可能不太充足。但绿色很盛，是绿色遮住了阳光吧。想象中的宝岛是阴性的。

亲临其境，却觉得这里原是如此地熟悉。仿佛只是来到了大陆南部，那样的气息，那样的韵致。一切都一样，南国之音不绝于耳。

由于面积小，人们又要在这么小的一块地方做一些大事情，所以就尽量地利用起来，所以也就分外地拥挤。城市很多，很密，许多地方真正是"城乡一体化"的。所以说地方虽小，但要尽情地领略，详细地了解，还需要好好地费一番功夫。因为以单位面积而论，这里的巷子要多得多也曲折得多。

首先是建筑。中国文化衍生和决定了一切，学外国，用力地学，还是改变不了血液里的东西。这里的建筑与大陆差不多，尤其是气质相同。与建筑同理的东西还有许多，都可以想象出来。文化是母体，母体繁衍了其它种种，它们可以改变名称，甚至在一定的时期内改变法度，但最终还是要表露出母体的色泽，散发出母体的气味。

绿色，山峦上的亚热带植物，那么茂盛的大竹林。这儿对大陆上的北方人刺激会格外大一些。北方人，若不包括东北林区居民，那就大抵是在光土上过日子，一见了大绿，莫名的感激会呼呼涌出。比如说我第一次去海南岛时就是这个样子。看了海南，还有安徽南部的秀山绿水，再看台湾，心情也就会平静一些了。

说平静也不平静。因为这里毕竟是几十年在另一种“主义”中生活的地方。我们要看看他们弄出了什么，他们有什么法物和宝贝。

看来看去，小处相异，而大处相同。

太忙碌

我们的一些人口密集的大城市，给人的感觉就是太忙碌。人活得真不易，这样忙到老死，一切全都丧失。我们的文化里难道就包含了如此的忙碌？因为不仅是中国城市，也还有儒家文化圈里的日本韩国新加坡等等。这些城市里的人整天像工蜂那样奔波，起码是给人这样的感觉。当然，无论在哪里，有闲阶级是不必这样或不一定这样的；我们这里说的是总的感受和印象。

台湾的忙碌图像大概只有日本和香港一类地方才可以比拟。无论是多么秀美之地，这么多人拥挤，乐趣何在。那乐趣他们知道，拥挤的人自己知道。不过拥挤要出汗，要急躁，这都不好。人流车辆，风尘四起，绿色和湿气都压不住。

多少车啊，汽车摩托，交织着，诉说着发达的痛苦。如果更发达了，他们就会想出办法；现在还不行，现在则主要是忍住。看到在大街上，红灯一亮，所有摩托一齐停在一条线上，那儿立刻成了

1998年10月，作家们在台北的书店里找到了各自写的书。左起：王安忆、张炜、丛维熙、陈丹燕。

一片机械和钢铁的灌木林。头盔一片，城市的魔怪。

不言而喻，一座城市正在日夜不停地旋转和燃烧。这种大喧嚣大热闹谁能忍受，富人不能忍受，于是大多数时间逃到边缘一点的静谧之地去了。剩下来的是奋斗者，是充填一座城市的平民。富人只偶尔钻到城市的中心来一下，来称颂这儿的繁荣。这儿的繁荣是他们的。

喧闹是耗人的，一直到把人耗死。耗的过程中有富人的利益。

台湾是很有钱的，按照全世界竞争力排名，台湾是很靠前的。外汇储备也排在世界前边。不要忘了这儿只是一个地区，一个小小的岛子。可是巨大的财力并没有让这里变得更加美丽和井井有条。看来美丽来自心路，条理首先也是心路上的条理。这让我想起欧洲，那里的一些国家好像远没有台湾有钱，但是那里规整可人，处处都像个大花园。亚洲的许多城市值得让人好好反思，反思我们的文化。

难道我们的文化只有两个功能：或者使之贫穷到空空如也，或者让其混乱得面目可憎？

还有肮脏。

为什么这么脏？大陆上常常有些物质主义者把一切都归结到“贫穷”二字上，所以他们一直认为，脏乱差，甚至是人的道德水准低下，一概都是因为没有钱的过错。有钱能使鬼推磨的理论到了极致，也不过如此。其实我们面对的这个世界哪有这么简单。

钱在任何地方都不尽是汗水的结晶，所以说钱在许多时候是不干净的。所以我们把洁美的希望放在不干净的钱上，当然是大错而特错了。

求古气

台湾人中的一大部分，我想也主要是中产阶级以上者吧，极愿在衣着或其它方面求一点点古气，比如古声古气地说话，比如说穿一套中式绸棉衣裤之类。

他们没有忘了传统，起码看上去是如此。但多少也偏重了些形式主义。国学在他们那里普遍要好一点，这倒是真的；可是内在的深层的浸染，我也没有把握。

我们知道，台湾在几十年里与西方的关系并没有割断，他们的智识阶级比较大陆，英文起码要流畅得多。他们的西装也穿得要早，许多年前就在这些方面讲究了起来。但是这并不妨碍他们追求古气，像古香古色的家具装点的居所，特别是中式高档饭店宾馆又很多。中西结合之间，中的比重正在加大。

中产阶级把西化视为帅气和不让世界潮流，而把古气看成富裕的表现和资本。闲适是有钱人的事情，而最能凸显闲适和玩味情调的，当然还是国人这一套。一提起富裕的国人，人们立刻会想起柔软的绸装和水烟袋，想起手串子健身球之类。这些东西也许真的并不坏，但不知为什么总是给人一种腐臭的感觉。

时代不同了。在这样一个时代刻意地追求一种古气，会流露出其它东西也说不定。这是一个松弛的时代吗？我们都知道不是。这是一个松弛的小岛吗？我们知道也不是。可这是一个富裕的小岛，这儿的中产阶级多一点。而这儿的智识阶级中，中产阶级的比数起码要比大陆大得多。这样一想，心中也就了然。

我们有时候希望看到更朴素更自然的展露和流露。因为人的心情是无法从衣着举止上遮掩的。一个振作和奋斗中的民族，一片生机勃勃的充满了生长力的土地，一般都给人风尘仆仆的干练的感觉。

某种形式主义的漂浮感从学术场合也会看得出。一方面我们时时遇到学贯中西悬悬求真的读书种子，另一方面又常常遭逢一些不求甚解自以为是的假斯文。仿佛热衷于此道者多，具有深入领悟力的少而又少。像大陆一样，这儿在学术场合凑热闹的人总是多数。这些人吃惯了这一口，而且往往乐此不疲。这部分人讲起话来引经据典，古香古色，颇像那么一回事，实际上既没有学术也没有艺术。他们只是惯于起哄，在最通俗的层面上打转转。

在这种学术和艺术的引导下，台湾也就出了那么多我们所熟悉的电视剧，言情和剑侠小说，出了那么一大群所谓的青年艺术追求者。他们当中缺少钙质，缺少力量和立场。风花雪月太多，而风花雪月更多的时候是对人生的欺和骗。当然，观众和读者也需要这些；只是这里要指出的是，需要，包括热烈的拥赞，都不能掩盖事物的本质。

还珠后

香港在感觉上离我们近得多了。起码是去去容易。去台湾，直到现在香港还是重要的一站。我们都认为比较理解香港，曾经更近距离地看望过她，说她是东方明珠。她与台湾差不多，也具有强大的世界性竞争力，在世界经济格局中有何等了得的地位。

不仅是从图片上，就是亲临其境 ，我们更多地注意的，也还是她亮丽非凡的一面，挺拔秀丽的一面。我们忘不了她的幽蓝之水，神话般挺起在绿水蓝山之侧的金属玻璃结构的高楼。西人管了她许久，他们的蓝眼睛把她的许多地方也染得够蓝。这就是另一种文化施补的好处。西人要在这里住上许久，所以他们也需要她的洁净和媚人。他们需要在视野里愉悦自己，以便让自己有个好心情。

另外那儿是寸土寸金，除了填海造地，就是极需要向上开拓空间，这是高楼林立的主要原因。填海更难，想想一寸寸填出来的土地，那要多么珍惜，所以在填海处建出的东西也就分外美丽可观。

如果说她是一颗明珠，那么现在确是还给了我们。还珠之后，我们在感觉上离她更近了，可以更好地观赏她、理解她。一珠在握，灼灼有光。我们把这珠子放在手心里摩擦，贴在脸颊上亲近。于是我们终于发现了她的残缺，她的可怕的污垢。

原来她把最不堪的一面放在了身后，放在了角落。我们不得不去稍稍留意一下她那又窄又脏的巷子，那冒着浊气滴着浊水的无名屋檐。几乎紧挨一起的耸起的塔楼，上面有无数的分割出的小小格子，要知道这每个格子里都要接受和庇护一户香港居民。我们平时在街上所感受的汹涌人流，喧嚣之潮，都要按时收进那一个个小小的格子。这儿真是破败脏腻，干燥拥挤，几乎没有什么绿色，都是清一色的水泥高垒。这里最经常看到的是随手抛下的垃圾，是那些匆匆行走的市民，是在路口上憋着一口粗气的汽车。

我们不难想象闷在这样的小格子里的感受。这很快让人想起了常说的两个字：生存。他们在生存着，生存在这个世界性的都市里。这儿连气流都是滚烫的，所有的气流都是匆匆市民的肺腑把它捂热了的。吸着这样的气流，我们还会想起另两个字：挣扎。

没有众多的人在挣扎，没有他们为了基本的希望，为了温饱，为了一口舒畅的呼吸而去挣扎，也就没有了这个明珠的光泽之源。那时她将暗淡下去，她将熄灭。

这也多少使人明白了为什么世界需要贫穷和饥饿。保留了贫穷和饥饿，并让它们像影子一样紧紧跟在许多人的身后，让他们不顾一切地拼命摆脱。只有这样，财富和华丽，高楼，神秘不解的富豪，超出想象的享受，这一切才能如意地创造出来。

贫与富的差距有多大，创造的张力也就有多大。这儿没有我们所熟悉的公平和人道，这儿只有竞争与发展，有速度，有无所不在的引诱。一个最繁荣的现代城市在许多时候不会是一座伟大的城市，因为要繁荣就要注意留下许多穷人。穷人从来都是最强大最有效，也是最泼辣的劳动力。没有穷人，也就没有所谓的文明，没有宴会上郁金香酒杯里的香槟。

在这个明珠里活动着的一些人，他们西装革履，文质彬彬，尽情地享用和消受。而在另一些角落，在小屋小巷中，许多人要一大早排队来买几根油条和一碗豆汁；偶尔让脸色焦黄的卖主用剪子剪碎一个松花蛋在碟里，就是一次真正的享受了。香港人要晚起，可是起早买油条的人还是那么多，他们才不管什么红灯绿灯，趿拉着鞋子，有的还边走边揉眼睛，呼呼蹿过路口。

这可能是世界上最拥挤的地方。同样的道理，只有在这样的地方富人才会格外高兴，因为他们觉得人多好办事。而他们自己呢，住在僻静的水林之畔，只是偶尔才出来看一下繁荣。他们要看看别人怎样日夜冶炼“明珠”。

有个依岛

我在初中一年级的时候见过最小的一个岛，它叫依岛，就在渤海湾里。我去这个岛是因为这之前总有同学向我吹嘘，说谁也不敢去那儿、它有多么了不起之类。结果我就去了，结果也就遇到了不少怪事，还差点死了人。

我们是瞒着大人偷偷坐小船去的。绕过四五道激流、三处礁石，一口气爬上小岛。真像探险一样。这里真静，连海浪拍岸声都没有。到处是小叶杨和紫穗槐，还有爬蔓的荆条。

原来它三面环礁，只有南边是细白沙滩。离南岸不远竟有一座小屋，很旧。我们赶紧跑过去。离它十几米远时，突然有什么从窗户和大敞着的门呼呼蹿出。原来是一些猫。真是猫。大家叫起来，天啊，这里有这么多猫。它们在不远处探头探脑，就是不过来。有人抛过去吃物。它们犹豫着出来，吃完了就看我们。大家争着给它们吃物。

结果所有的猫都跑出来，足有五六十，再后来大概有一百多。

原来这是一个猫的世界。而当时别处都在大把大把撒耗子药，想找到一只猫可难了。

它们多美，一个个干干净净，花纹鲜亮，两眼水汪汪地看我们。

大家开始议论这些猫是怎么来到这儿的，想不出。不过都知道它们来这儿吃鱼。

看了一会儿猫就进了小屋。这么好的地方，炕，小锅，劈好的柴码在那儿。这都是谁弄的啊？有同学说这是渔民们许多年前盖了的，就为了避难。什么难？海难。船在海里遇上大风，有时怎么也回不了家，就到这个岛上来。我们想象：外面大风大浪，小屋里呼呼煮鱼。真棒，让我们也遇上一回这样的海难吧！

天越来越热，中午我们一头扑进水里。游泳，还想逮一条大鱼，放在那个小锅上煮。

果真有一条扇形大鱼贴着砂底游过来，大家欢叫着扑去，一齐围堵。大鱼乱蹿，后来不知是谁踩住了它——他刚刚高兴得喊了一声，然后就嚎，嚎声吓人。他的脚肯定被鱼弄疼了——他也太娇气，一边叫一边倒下了。

我们赶紧把他从水中扶起，他还是嚎。抬上岸一看，这才发现脚内侧有一个不大的红点。没有流血，但四周好像生出了几道红线。他咬咬牙说：我就要死了。谁也不信。他又说：刚才我是被土鱼蜇了！

同学们一听都哭了。因为海边上大人小孩都知道：被土鱼蜇了就活不成。天哪，那是一条土鱼！

正哭着，突然一个最矮的同学急急咕哝：以前听爷爷说有人就在这儿被土鱼蜇了，那人剩下了一口气，还是爬进小屋里，掀开炕席子找到了一包东西，就活了……

几个同学对视一下，马上抬起受伤的同学往小屋跑。进屋立刻掀炕席子，到处掀——真的找到一个纸包——里面有一撮灰白色的粉面。

粉面搽上去只有半小时，伤口四周的红线消了。受伤的同学一抹泪："我活了……"

离开小岛已是下午，猫齐齐地站在岸边。我们这才想起要捉一只带走。没门。它们大概害怕岛外的耗子药，死也不跟我们走。

回去后，我们最急着弄清的就是纸包里的秘密。大人们摇头，我们还是问。最后一位老人被缠得发急，只得告诉：那是小姑娘——十几岁的小姑娘剪下的小辫，炙成的粉——只有这粉才能对付凶狠的土鱼，这是老辈传下来的……

如上是一个真实的经历。几十年过去了，我还是无法忘记那个荒岛、美猫与凶鱼。特别是关于伟大的小辫——这是真的吗？

犄角，人事和地理

我多次讲过，这儿从地图上看就像一个犄角，小得可怜。可是当你走进来，当你面对它的时候，又会觉得自己十分渺小了。它像我们经验里的任何土地一样丰腴、复杂、繁琐；你像一条鱼跃入了海洋，一天天与它耳鬓厮磨。当你想到有一天会离开它，疏远它，记忆它，那么你就想在手边划下一点什么。

匆忙的生活常常让我们张皇紊乱，可我们还是有对付生活的一套完整的办法。所以我们才活下来，痛苦下来也欢笑下来。我们过得可真不容易啊。

我们又是谁呢？是大家，是这个犄角吗？

黑松林

有人总愿把这片林子说成是什么防风林，还有人说成是国防林；而通海的宽一点的路也被叫成了国防路。这提醒我们是来到了大陆边缘。

黑松沿着海岸生长，密匝匝黑乌乌，没有尽头。也许从空中往下看，它是一条长长的带子；可是当我们走进了它的内部，却感不到纵向和横向的区别，总是一片浑浑苍苍：浓绿、苍黑、幽暗。动物咕嘎大叫，里面有兔子、鹰，各种鸟儿。鸟窝就搁在头顶的枝杈上。这里几乎看不到人。当然最多的是松树。

在松林的某个局部，冒出一片槐树或杨树柳树，像是一个完整的民族版块中得以繁衍和生存开拓的少数民族。但这儿几乎所有的北方植物都能找到：灌木、小草，甚至是一部分浆果和百合科植物。洁白的沙子上散落着一颗颗野兔粪便，说明它们人丁兴旺。有一些植物的茎杆被兔子们啃去了皮。一个刺猬死掉了；一个兔子显然是遭了鹰鹫。

这里最多的是一种钢蓝色的鹰。它们远远看去很像温顺的鸽子，体积也大不了多少，只是飞起来，一展两翅就显出它的野性和勇捷。这里很少能看到苍鹰，但那种钢蓝色的鹰是否就是袭击野兔的鹰，还不能让人肯定。

我自己，或约上一两个朋友，每星期至少要到这片松林里来一次。

小时候，我在松林南部的一所小学上学时，常被老师带领来海边参加林场劳动。那时就在沙滩灌木的空隙里插种小小的松苗。浇水、掘坑，许久之后再回来补种那些没有成活的松苗。这样一直到毕业上中学。

当时记得灌木丛中就有一棵棵茂盛多杈的长成的松树，推算起来，现在它们应该是很大了。可这会儿就是找不到它们。

我和朋友讨论了一下，他说当年我们栽的那片松林或许在更西边一点，离这儿还要有十几公里。

记得当年主要不是松树，整个荒滩上更多的是杨树和槐树。它们有时密得不能下脚，要穿过就得耐心地寻一条小径。这儿纵横交织的小路都是由打鱼人踩出来的。那真是细如羊肠。

冬天，厚厚的大雪覆盖，你要寻找这样的小路，摸到通向大海的渠岸，真得小心翼翼，试探着往前走。那些寒冷的、一生都不会忘记的、呼出一团团白气的早晨和傍晚，我常常在此地流连——只有我一个人，现在也想不起是来寻找什么，在这片荒原上徘徊。我一次次纵向穿过整个海滩，走到白雪皑皑的高耸沙岸上，望着没有一只帆船、没有一点人影的海面，看着海浪在沙岸上的拍击、伸缩不停的水……

南风吹起，林子发出了呜呜的声音，这就是松涛。仰头看微微摇晃的松枝上刚结出不久的松塔，心里涌起一股爱怜。往前走，红色的尖顶别墅出现了，会享受的当代人并没有放过这片松林。一路上不断发现被砍伐的松树——那一刻的巨大疼痛使它渗出了泪滴。这粘稠的泪滴就是所谓的松脂，或者也可以理解为精髓和血液。还有随处可见的一个个偷沙者掏出的沙洞——这些沙洞坍塌的时候，四周的松树都要遭殃。这显然是那些建别墅者留下的痕迹。

我们还遇到一只死于难产的母兔。当时她伏在那儿，刚死去不久，笨重的身子还是一付正在用力的姿势，胸部是变大的准备哺育的乳头。我们双手托着她，找一个沙坑掩埋了。

我们的鞋子上落满一层黄绿色的花粉，鼻孔里全是各种野花的香甜气味。

我觉得这是整个海滩平原上最让人留恋的地方，它代表了我的过去，甚至是未来。比起这儿，一切都显得微不足道了。得失荣辱，一切都不那么重要了。在这儿回想过去，设想自己的老年，在这儿劳动和追忆。这简直是了不起的奢望。想得太多了并不好。我为这儿付出了什么？将要付出什么？一切也都要好好去想。

由于没收了枪支，打猎的人没有了，所以各种动物，特别是野兔，能在这儿纵横驰骋。但由于没有收起一些人的铁锹、锯子和斧子，松林还在死亡和伤疼。

我总是把它看成自己的松林。追溯到许久以前，从老人的口中我们得知，原来的这片荒原上林子比现在高大茂密一百倍。那才是无边的森林，很可能是原始林。经历了几场战争：民族战争、国内战争，一次又一次的政权更迭……各种各样的政权尽管差异很大，可都没有保住浓密的林子。结果它们还是没有了。许多神秘的故事，伟大的人物，不可思议的向往，都随着这片林子一起消失了。没有多少人去记载这一切——它的历史。

最美好的事物，就这样湮没了。

夜 哭

告诉这神奇故事的，是几个神情沮丧的男人。其中的两个二十多年前我就认识。他们显然不会说谎，不会骗我。

果然，在后来的另一个场合，我又听到其他人讲了相同的故事。

几个中年人因为要为一个养殖海产品的老板打工，大多数时间住在海边的一座茅屋里。他们在那儿养了鸡鸭，陪伴他们的还有一只大狗。这当中有个十八九岁的男孩，皮肤黝黑，细细高高，头发黄而柔软，大眼睛。那只大狗是他最好的朋友，只要有这个柔软纤细的男孩在，那么它就一直偎在他的身边，仿佛压根就想不起还有另外的人。

小伙子水性特别好，他离不开水，从初夏到深秋，劳动之余有一多半时间是泡在水里——人们一抬头就能在长长的沙岸上看到一个穿着短裤的细细溜溜的小伙子，他在水中出没、在岸上走动，那条大狗就在身后追逐跳跃。到了播种和收获养殖品的时候，这儿的人要比往日多上几十倍。大多是女人，是姑娘和媳妇。她们一个个围着头巾，戴着胶皮手套，在海边舢板上不停地劳作。

她们其中的一个或两个姑娘，最愿和那个细细溜溜的小伙子说笑打闹。

特殊的季节过去了，女人们又回到沿海村庄去了。从那时起，茅屋里的中年人都发现细细溜溜的小伙子常常走开，要在深夜才回到茅屋。那只大狗总要焦急地等待，发出一声声低吠，长长的鼻梁指着月亮。

大约一年之后，他们都听说村里的一个姑娘死去了。她长得太美、太特别，神情举止、衣着，还有性格，几乎每个地方都招人议论……有一次老板在酒后长时间地盯视她，那目光啊，他们不敢想。

那只大狗环绕小伙子跳跃，他再也不理它了。大狗只得沉默下来，坐在那儿一声不吭。

还是日复一日的劳动，是一次次摇着小船到近海巡视，料理那些养殖品。

一个很平常的中午，几个人正在茅屋里午睡，忽然听到那只大狗猛烈扑打门板，凄凄狂吠。他们惊坐起来，一开门，那只大狗就往身上扑，吼叫，有好几次还把前爪搭到他们肩上。

它领他们冲出屋子。

他们很快明白了。茅屋西边，一百多米远的地方有个蜷曲的黑点——这时候他们记起那个小伙子已经好久没有回来了。他们跑过去。不出所料，正是他。

海边阳光强烈，盐水在他的头发和黑色皮肤上已结出白色颗粒，嘴唇焦裂——那曾经是一双怎样招人疼爱的嘴唇啊。他眼睛紧闭，长长的睫毛根根直立；蜷在那儿，身体仍然是那么柔软。

几个人把他抱起来，好像第一次发现这个伙伴的体重这么轻。

几天之后，他就呆在离海岸几公里远的一片灌木丛中，那个崭新的坟头下面了。他们故意把他埋得远一点儿，他们都知道他该离茅屋远一点儿。

大约过了半年。有一天晚上他们正在睡觉，半夜，其中的一个被一阵哭声惊醒。这是女人的声音，好像就在茅屋旁。其他三个人也都惊惧坐起。那只大狗当时正睡在屋内，它一声不吭，竖起两耳，像他们一样坐着。

他们带上手电筒，特意给那只大狗带上链子，牵着它一块儿走出。茅屋旁没人，哭声仍然在响，可是前边也看不到人影。他们循着哭声往前。记得当时明月高悬，海浪平静，沙滩上什么也没有。他们先是往西，然后又往南，走过浅浅的一层树林，就忘记了方位，忘记了要往哪里走。只是这哭声吸引着他们，走进一片浅浅的草地。

茅草被月光照得煞白，四个人心上猛地一动：是那片灌木丛。他们把手电揿亮——其实根本用不着，月光亮着呢。那只狗瑟瑟抖抖，毛发直立，后来干脆一动不动了。

都止住了脚步。手电筒掉在地上。

前面就是那个坟头，坟前有一个女人，穿着洁白的衣服，长长的头发从肩部披洒到后背。是她在恸哭，一耸一耸地哭。她像丝毫没有察觉走近的四个人和一条狗。

那狗仍旧一声不吭。

他们离那个女人仅有十几米远，都看得清清楚楚。就这样站着，忘记了时间，全身僵直。不知过了多久，哭声戛然而止。

再往前看，只有一个坟头——女人没有了，什么都没有了。

他们仰头看看月亮，再看看那只跳起的狗，拣起手电筒。

这就是整个事件的经过。他们忘不了那月亮，那哭声……

两个岛屿

它们是在这个犄角行政区划内的两个岛屿：一大一小，大的实际上也小得可怜，大约只有两平方公里左右；那个比它更小的岛就在半里之遥，是它的卫星岛。这两个岛与犄角离得很近，大约只有一刻钟水路。大晴天里，站在海边看去，那两个岛屿近在咫尺。

岛上的人要到大陆来，大陆的人要到岛上去，结果在水上交通很差的年代里，就发生了很多悲惨故事。午夜接送病人，新婚夫妇往来……总之围绕这一类的事情常常发生一些可怕的灾难。也正因为这样，那么美丽的两个岛，直到现在还有人惧怕去那里居住。出于自卫和自守的心理，岛上的姑娘也不轻易嫁到岛外去。而这个犄角上的姑娘没有极特殊的原因，也是不会嫁到岛上去的。岛上百分之九十都是渔民。男人出海打鱼，生来就是这样的命运。女人在家里补缀渔网，料理家务，或者种一点小得可怜的菜园。男人的性格个个强悍粗放，而女人却出奇地绵软贤惠，几乎个个如此——起码在我所遇到的人中，是个个如此。

读高中时候，有一次为了完成一个写作任务，我和另一个同学在海岛上住了半月。我们同班的一个女同学恰恰在这个阶段因事返岛。她很高兴我们能来岛上，特意为我们逮了不少螃蟹，采来海贝和各种海菜——记得她当时提着一个瓦罐，瓦罐的系子是草绳做成的，就这样把煮熟的海鲜提给我们。

彤红的螃蟹，以前从未见过的大海贝，冒着热气的瓦罐，一起摆在桌上，鲜气逼人。她在旁边微笑，很少说话。偶尔说一句，声音软得像南方人，可又比南方人更低更细。

她那双美丽的眼睛看着我们。我们把她的礼物打扫一空。

后来我们大约两三次跟她到海岛的最东部去玩。那儿退潮时有一片青色的石头，搬动那些大石头就能找到螃蟹，甚至是海参。海参是这一带最珍贵的海产品，它不同于南海和东海、以及其它各地的海参。在人们的印象中它是最名贵、滋补性最强的一种海珍。记得那一次我捉到了一只海参，握在手里不舍得丢弃。可只过了一会儿，张开手掌一看，它差不多全化掉了。

后来，高中还没有毕业，我就去了南部山地。我成了一个山里人。

再后来我又去更远的地方读书，反正是离这个犄角越来越远了。当有一天我归来的时候，站在海边，看着海雾蒙蒙中的那两个岛屿，突然想起了当年那位女同学。

我发现自己今天还在怀念她。我记得以前从山里回来时也曾想起过她。

人的一生最大的幸福也许就是争取和真正温柔的人生活在一起。生活的风雨总是太猛烈了，在这种猛烈中，应该有那样的一个人在身边。

我多次去那个岛。过去的一切痕迹大约都在：岩石，稀疏的麦苗，还有靠在海湾里的大船，铁青色的大船，一闪一闪的灯塔，忙碌的头上包着纱巾的女人——此地惟独没有她的影子。

她离开了，她到海岛以外的地方去了，到很远很远的地方去了，带着她呵气似的声音，带着她绵软的性格和那一双特异的美目。

我为什么没有及时返回？坎坷的生活啊，人要挣扎，一挣扎就要耽误重要的事情……

那个卫星岛听说至今没有一户人家，是个荒岛。人们为了救助海难，曾在岛上盖了一座茅屋。后来茅屋也塌掉了。有一段时间听说岛上有很多野猫，又过了一段听说猫也没有了。

我要到那个卫星岛上去，渔民说不行：两岛之间有一股激流，除非绕过这股激流，绕很远才能到那儿去，很麻烦。

岛上只有一口淡水井，却是一口最甜的井：犄角上所有的井都比不上这口井甜。

蓝眼老人

我第一眼见到他实在是吃了一惊。如果他在蛮荒里出现，那我准会把他当成一个外星人。老人个子很矮，不会超过一米六五，而且真正是瘦骨嶙峋，衰老不堪。实际上他只有六七十岁。他走起路来蹑手蹑脚，像踩在云朵上一样颤颤悠悠。我注意到他露在黑色袖管外面的一双手和一截胳膊，其皮肤皱得厉害，近乎透明，青青脉管清晰可辨。整个的人都说明营养极差，手无缚鸡之力。他的体重大约还不足四十公斤。他身上最显著的部位是头颅，从整个身体的比例上看它显得有些大，圆圆的。

他戴着一顶破旧的鸭舌帽，非常爱干净。一副眼镜属于古老的样式。最使我感到异样的是那双眼睛：竟是蓝色的，或者是灰蓝色的，很大很圆。可能给我外星人那种感觉的，首先就是这双眼睛。他看着我，神情非常专注亲近，但带着一丝警觉。他伸出手，用力握住我的手——手力很大，就像整个人一样令我吃惊。

我见到他的时候，他正经人介绍，受雇于某个部门做史志编撰工作。这使我们有机会相识。

很长时间以来他都是独身一人。好像他在这个犄角上来来往往，干什么都可以，干什么都可以活下去。难以想象的粗活，以至于眼前这种需要文心纤细的工作，对他来讲差不多都是一样。我常看见他手里拿着一个阔口搪瓷缸，在长廊上旁若无人地走着。如果我们偶尔打个照面，他就赶紧扶一下眼镜，伸出那双瘦削有力的手。

他曾经是一位教师，教过小学和中学，后来又不知什么原因失业了。在混乱的年代，原因总是很多的。有很长时间他不得不流浪打工，甚至靠讨要度日。他在教书的时候结识过一个女人，但她不久就离开了——同时还让他失去了住所，所以当年有一多半时间要在牲口棚、打工者的通铺或田野的草垛中、在庄稼地和泥沟里过夜。秋天的泥沟往往铺满了落叶，那真是流浪汉的好去处。

人们说最奇怪的是，当这个人从一些肮脏不堪的地方钻出来时，身上总是非常洁净。他全身上下未沾一丁点草屑和泥土。他常常几个月的时间弄不到一分钱，但即便这样，也没人发现他从果园和庄稼地里偷过一点食物。他的食物都来自劳动，或直接的乞讨。在他眼里，乞讨同样是一种体面的、讲得过去的职业。

也就是在这样颠沛流离的岁月中，他遇到了又一个女人，一个命运和他差不多的女人。他们一起游荡、找事情做。这时候他才觉得应该有一个固定的居所。于是他就立志要盖一座房子。这对于他简直是个太大的奢望。可是他执拗得很，每天有一点儿时间，就在收获过的庄稼地里忙碌。原来他在寻找遗落的砖块石头。他不停地收集，大约用了一年多的时间，就攒起了足够的砖石。接着就开始垒屋。有那个女人做帮手，但大多数时间还是他自己。自己设计，自己打基，一点一点砌墙。他还去海边，以惊人的耐性等候潮起潮落，寻觅海浪推拥上来的一些木杆，作为梁木和檩条。

墙砌得很高了，要开始上梁了。这倒是件难事。他琢磨着，琢磨出一种最原始的办法：堆起一些沙土，堆得像梁头一样高，然后再把木杆费力地滚移上去。

当所有的工作完成之后，再把围在四周的沙土一筐一筐移开。就这样，三间屋子盖起来了，他没花一分钱，却耗去了两年多的时间。

新房落成的同一个月份里，他们有了自己的孩子。女人没有奶水，他就到海河沟汊里寻一些富含蛋白质的动物。那个饥肠辘辘的年头，他为养活自己的孩子真是费尽了心思。而他自己吃的多是菜叶，是一些食物屑末。有一次他发现了一只中弹死去的野兔，就把它腌制起来，每天割一小块给哺乳期的女人做汤。一年之后，他的女人还是死去了。他把女人亲手埋葬在离新房子不远的地方。孩子由他一手抚养，也成了他的全部心愿。

孩子好不容易跟他长到了三岁，最后却因为一次严重的食物中毒，抢救未成死亡。孩子也埋在了母亲旁边。

像刚开始一样，剩下他一个人在大地上徘徊。

在贫困到极点的生活中，他仍然想为别人做点什么，一直想。因为他觉得自己不能这样白白度过宝贵时光。做点什么？他简直是挖空心思。他认为最难的，是做任何有意义的事情都需要花钱，而自己却一贫如洗——那么在没有钱或钱很少的情况下又能做什么？他想了很久。

有一次，他在一个村镇夜晚的场院上看到了放幻灯片，似乎从中受到了启发。

然而放幻灯需要一台机器，需要电，这些他都没有。想来想去，他用拣来的木头做了一辆地排车，又像琢磨盖屋那样动用巧思，在车子上做成一个暗箱，两端再挖上方孔：当这车子支起时，两个方孔就与太阳形成了一道直线——光源有了。他又把自己收集的一些碎玻璃片切割成大小统一的一叠，细细绘上故事，一一插到暗箱的方孔上——这就可以在遮光的一面墙壁上放出幻灯。

这奇特的装置被他拉着走遍了大街小巷，吸引了一批又一批孩子，当然还有许多老人、成年人。他在幻灯片上绘制的都是一些科学常识，模范人物。

他这个工作做了很久，人到哪里车到哪里，一场接一场放幻灯片——这样一直延续到被聘去做史志编撰。

于是他有了一点儿工资。微薄，却令他极为珍视。他从食堂打饭，从来都是一块咸菜一个窝头，几乎把所有的钱都省下来。一年多的时间里，他竟买来了成套的外语教学录音带和课本，以及其它书籍。他把这一切都小心地包好，放在柜子里，说将来有一天要把它们送给一所学校。

因为机关减员，到处人满为患，这个老人的去职只是个时间问题。可他自己并没想到这些。因为他在走廊上步履依旧，神情依旧。他根本就没有失业的忧虑。

到时候他又要回到野地里去了，回到那个空荡荡的屋子，像过去一样：身上没有一分钱。

这是肯定的。但同样肯定的还有，他仍然会活下去；而且只要活着，他就会想方设法去做一些对别人有用的事。

到现在为止，我走过了多少地方，遇到了多少人，各种各样的人；但仔细想了一下，还是第一次遇到了这样一个人：在努力活下来的同时，只想做一些对别人有用的事，只为不能更好地帮助他人而忧虑。

大写家

许多人都向我介绍：河边的某个村子里出了一个会写书的人，他写了很久，很多，看样子还要一直写下去。这当然引起了我的好奇。结果我就认识了这样一个人。

他有五十多岁，长得出奇地健壮，头颅很大，几乎呈四方形；脚大手大；说起话来声震屋梁；目光尖利，生气勃勃。他留了板寸头，几乎没有一根白发。他走起路来，脚板跺地咚咚有声，别人要一溜小跑才跟得上。

说到写作，他几乎对一切写作者都持怀疑态度：在他看来那些人不过是写写玩玩，没有多少意思的；而只有他所进行的工作——不停地写作——才无比神圣。

他写的书从未出版过，好像也没有这样的打算。他只是写。据他最亲近的朋友讲，只有他们这些身边的人才能一饱眼福。

他写得到底怎样呢？我问他的朋友，他们都毫无保留地点头，流露出无比的钦佩，都说："那才是个大写家呀！你去看看就知道了，那是大写家！"

我们结识后，直过了很长一段时间，才可以和他讨论一些具体问题，可以从容地交谈，彼此再没有多少防范。

他的家紧靠河边，在桥与河相交的直角位置上建了一座小土屋。这是土坯垒成的一个地堡式建筑，从外面看主要是一个长方形的大窗子。墙很厚，做了大窗台，上面摆着各种各样的小商品。从窗口那儿望进去，里面黑漆漆深不见底。最奇怪的是根本就没有门，你要进入他的家，还要从这个地堡式的四方窗洞爬进去。

他有老婆、一个孩子，孩子像他一样留着板寸头，头很大，身体却非常细弱；也像他一样，长了一对尖利利的大眼睛。大写家一多半时间就在这个四方窗洞前坐着，招呼过往行人，卖一些零碎商品。他起身招呼我的时候，就让孩子顶替自己的位置。在他的帮助下我才爬过了四方窗洞。我往里看去，努力调整自己的视力，这才看清里面还有很远很大的一个空间。我不明白的是，他为什么不多开几个窗子。

原来这个地堡模样的屋子内，一角有一个很大的土炕，这是用来过夜，看护地堡里的商品的。再往里才连接着这个平原上最常见的那种小房子——可能是一个南北向的厢房；穿过厢房东拐，这才到了一个稍微高大一点儿的正房。这是他真正的居所。

从地堡到厢房，再到正房，这其间没有一点露天的地方，全由过道、门和窗串连起来。所以很像走进了一座迷宫。

他的爱人长得也像他的孩子一样单薄，齐耳短发，圆脸，笑嘻嘻的，露出一对豁牙。她总是怀着无比敬慕的心情看着自己的男人。从她说话的口音上可以判断出，她是从南部山区来的，那儿是极为贫困之地。当她的男人与我讲话的时候，她就自觉地退到黑暗里去了。

我们每次总要先在厢房里坐一会儿。这里摆了大大小小的木箱，仍然有一个地堡里的那种大土炕，炕上是油黑发亮的被子。我们一起上炕，盘腿而坐，中间就是那床被子。他挥动着手掌给我谈写书的事情，谈到高兴处把那些木箱一一拉开——真正的奇迹出现了。

原来所有的木箱里都装满了他写的东西。一叠叠纸用黑线白线仔细订好，积了一摞又一摞。看那字迹有大有小，但一律工整。有的写在糊窗纸上，有的写在信笺上，但更多的是写在一些包装纸上，甚至是写在水泥袋上撕下来的皱牛皮纸上。从写作时间上看，越往后他的用纸越趋于讲究。但总的看还是五颜六色。我发现染成红色或绿色的标语纸用得最多。这些文字可以看成小说，也可以看成散文，更多的是各种文体混用。这么大的文字量，我想任何读者都要望而生畏的。我暗自把几个木箱简单估量了一下，认为这儿至少要装了上千万字。

我问他平时做些什么——除了坐在窗前。他说写呀，白天和晚上都是写呀。

从屋内的情形来看，他的生活简单到了极点。这使我又一次想到，人的生活有时候是可以极其简单的，人为存活而需要的物质，有时候是极其简单的——而这时人的劳动量却常常是真正令人惊讶的。

我们很少讨论这些文字的用途和动机，因为这似乎都不重要了。

时间久了，当我们更熟悉一些的时候，他才较多地把我领到他的正屋——那儿稍微明亮一些，使我可以更清楚地看着他那张又生动又严厉的脸。我发现这张脸至今还没有多少皱纹，油亮，闪着光泽。近一些看，他的神情原来是这样地善良而诡秘。

正屋里还有几个花布包裹，他在把它们解开。

我吓了一跳：又是一些写满了字的厚厚的本子。

南山四月

在那个犄角上，我从小看到的南山就是蓝色的，像天空一样的颜色，或者更蓝。它是整个犄角的最南部，像最坚硬的一道镶边。南山对于童年是一个美丽的想象，而对于成年人却往往是一个贫困的象征。“山里人”、“到南山去过山里日子”，这样的讲法让平原上的人都多少觉得有点可怕。我后来当然不止一次到过南山，为生存而去，为跋涉而去。当然我不得不和大多数成年人取得了一致的看法。

山地需要攀登，需要付出更多的力气。在这里收获食物要比平原上困难多了，这就使我们无暇顾及它的美，它的特别的美。

这一年四月有外地朋友来，有人提议到南山去看花。他们的热情使我不好意思拒绝，但一路上却想：这会是一次无聊的南行。那里又不是花园，有多少花可看？那里顶多会有几蓬野花、几株果树。

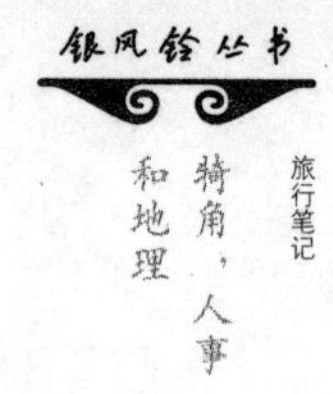

汽车往高处行驶，渐渐进入丘陵。公路爬上山的隘口，一瞬间让全车的人眼睛一亮，几乎一齐脱口喊了一声：“看！”

高高矮矮的山岭上到处一片雾霭——不，那是繁密的花海迷迷蒙蒙，它们正顺着山岭起伏，很像流动缠绕的雾气。只是它有灿烂的颜色，有芬芳的气味。洁白的梨花、红色的桃花、稠稠的李子花——主要是梨花，所以我模模糊糊想起这儿有“四月看梨花”的说法。

这种美是人工造成的，由山里人一手培植。可这需要时间，需要耐性。山里人花了多久的时间才在这贫瘠的山地上培植出这么大一片花园。这样的光色只有在图画里才有，而且我相信，任何一个高明的画家也画不出南山四月——它的大幅轴画这会儿呼拉一下展开在这个山地隘口上。

大家走下车来，一时目不转睛地看。我好像觉得自己内心深处一些特别的追索，一些不可企及的需求，都在这时候得到了某种印证和满足。它仿佛在给予提醒：有一些境界是存在的，有一种表达是可能的。

全是花。山岭上没有人，只有花，只有安静透明的阳光和流动的气味。偶尔听到水声，细小的水在山涧，在石板的空隙中。有些石板像一张张巨床，不规则地罗列在那里，水就在这些巨床缝隙间流过。

只有四月才是这样。那么五月六月或金秋时节呢？那时候是浓绿，是果实，是成熟的负载，是绿色的屏障，是另一种美。

南山好像一种浪漫艺术，比如说一台浩瀚的歌剧：先是宣叙的冬季、合唱与重唱的初春，到了四月就有了长长的激越人心的咏叹。

它美的重心和力量放在这里了，让你激越，让你领略它的不安、颤抖和深邃。

它在让我想起小时候，还有，想起成年的印象和感觉。

无边的宣叙过去了，四月的咏叹来到了。我远远地跑来犄角，又跑到它的南部山区，原来就为了这场倾听……

水 怪

这件事也发生在南山。所谓“南山”这个概念，在犄角平原上有一个固定的指向：南边那一溜深蓝色的镶边；它的后面差不多等于异国—— 一个特别偏僻和陌生之地、神秘之地。直到交通特别发达的现代，犄角平原上的人提到这两个字，还时不时地流露出一丝轻藐。

我有时想，生活在山地的人要获得一种尊严可真难啊。因为在这儿，所有的尊严都被高耸出地表的坚硬岩石给领受了，在它脚下活动的一些生灵就难以享有了——他们在高地上摸爬、攀登，还有，为了维持自己的生命所投入的一代又一代的拚力挣扎，都成了某种低下和卑贱的证明。

大约是1957和1958年间的事情吧，那时候动员起千千万万的人，在南山一条纵向大谷里实施了一个惊天动地的工程：修建一个蜿蜒百里的大水库。

工程完成之后，即便是干旱季节，这里还是水汽缭绕，因为山落、溪水，各种各样的水，都在这儿打住。一条水坝使四下的水在此储存起来，不到万不得已是不会被放掉的——现在放水的机会更是越来越少了，因为天越来越旱。雨雪的减少，在犄角之地是人人谈论的事情。上帝很神秘很缓慢地进行着这个过程：削减雨雪。

反正是离开了水，这个犄角就会失去丰饶；而丰饶，从来都是这个地方的自尊和自豪。但南山那片大水还在，我去看过。它走近了像一个湖，离远些像一条江。没人听说这片大水有干涸的时候，所以它的基底，深处，就足以掩藏了什么。这让人去想象，甚至不仅仅是想象，因为不止一次，居于大水两侧的山里人发现了从水中冒出的怪模怪样的东西。他们笼而统之喊它为“水怪”：巨头，粗颈，从未见过的五官和肤色。有的描述成狰狞，有的则说它憨态可掬。但致命的问题是，所有的目击者都只看到了它的一个头颅，顶多是一段颈部和浅露的一小块脊背。

冰山的雄伟是因为四分之三在水下，水怪也是一样。它巨大的躯体只好留给想象了。

这片大水由一个水管所管理，有一些国家正式工作人员为它服务。可这些人却没有一个见过水怪，但又没有一个没听过它的传说——看来一切都要依靠群众，不论是战争年代还是和平环境，就连对待自然现象的诠释也不能例外。群众见过水怪，而且言之凿凿。

我怀着朝圣般的心情看着这片大水，因为它凝聚的劳作，它的辽阔，还因为这个传说。我也询问了一些目击者——其实真正的目击者微乎其微，但总还算有。

夜晚我住在那儿，享受着从大水中漫过来的湿气，嗅着浩瀚的淡水所散发出的特殊气息，听着“嗵嗵”鱼跳，还有不知名的傍水而生的动物的“咕咕”叫声。环湖有多少奇怪的生物，它们在不停地奔走、窥探。像海边和湖边的渔民一样，它们也在打这片大水的主意。有一次我甚至在湖边上看到了一双蓝幽幽的眼睛，那是豹子？山狸？或其它？都不知道。它悄然消失在无边的黑影里。枭鸟孤单的鸣叫声让这里变得可怕。有一些甲鱼爬上岸来，一直逗留到清晨，让沿湖散步的人把它们赶到水里；而有一些贪婪的人就随手捉走了它们。据说甲鱼是有灵性的，犄角上的人，特别是老人，对其心存敬畏者不在少数；而那些新兴的现代青年，还有所谓的企业家和小官人，只是将其作为营养美味和增加力量的滋补品，大啖一通。

这个水怪如果真的存在，那么它让人发生疑问的至少有这样几点：一是它从何而来，是否在此繁衍？再就是它到底有多少？是否是河马、鳄鱼或类似的东西？

但即便是后者也足以让人称奇。因为从来没人听说过犄角上的任何一个地方出现过它们的踪迹。

高山水库

不同的时期总是产生不同的奇迹。奇迹无不打上时代的烙印。比如说这座高山水库——它在这样的一个时代也许不那么时髦了；可是正像许多不时髦的事物一样，它曾经是、至今也仍然是生活中必不可少的一种存在，而且随着时间的延续将越来越证明其强大和不可取代。

时髦的事物往往是新颖的，快速流变的，大多数时候也是缺少根柢的。比如说它就不像这座水库，像它高大的石坝——那是用最优质的青石一凿一凿凿下，由众多的人非常耐心非常齐整地在两山之间砌起来的，它的高度比北京的工人体育馆还要高上许多。让人难以置信的是，它就是由山脚下那个不大的村庄，或者再加上另一边那个小村庄——就是这两个村子的人亲手设计，亲手开凿石头将它垒起的。那是几个严冬和几个初春的故事，或许还包括了一个夏天的故事。

这些小村里有一两个坚韧不拔的人，他们有些特别，执拗得很，要改变山地。上帝说：还应该有水，于是水就有了。但上帝让水自由流淌，这就损害了山里人的利益，使他们更加贫瘠。于是他们想

说：我们村子里要有水。

于是水就有了。

几个山峰之间形成一条沟谷，他们就在沟谷的一端垒起了这个高大石坝——走近了让人望而生畏，退远些它又像是垒在山中的一个巨大石碑。

它上面真的好像写满了密密麻麻的字，记载着什么；当然，那只是勾对严谨的石缝，是交错的纹路，是凿子的印痕。有多少印痕谁也数不清，不过每一道印痕都是一连串的击打，都能听到砰啪锤声，都能看到火花四溅。当年的男女老少就由那一两个特别顽强的人率领着，到大山上来了。

据说在冬天，这儿扎下一片营地，扛石块的人排成一队往上攀登……完工之后他们又垒起了长长的石阶，顺着这石阶可以走到大坝顶端，在坝上看这一片蓝幽幽的可爱之水。多么清的水，碧蓝碧蓝。只有大山的落水才会这般清澈，只有这一片秀美干净的山才会积蓄起这样多的好水。这是我在很长时间里所看到的最美的一片水。

看来，人世间有一些精神可以集中起来使用。精神集中起来，肉体再跟上去；肉体跟上去，力量就跟上去。就是统一的力量才修起了当年埃及的金字塔、不可思议的宫殿；还有长城，还有精巧而巍峨的石刻艺术。这些都不需要说明，因为最简单的例子就在眼前。现在的山区和平原再也难以出现这样的大坝了，因为人们把精神分散开来：有时候它们各自独守，有时候它们又合成一小股一小股，从事与其力量相匹配的那种创造，或是游戏。

有人讲，集中起来的精神会产生极为悲惨的故事。当然是这样。不过也可以不产生。比如说修筑这座水库的时候，那么多的人，那么多的欢歌，那么多的辛苦。这里包含着那么多的友爱，甚至是爱情。有些爱情是很美的，人们至今铭记。还有在营地里讲述的故事，人们也仍然记着。

有一次我和朋友从水库大坝上下来——我们扶着拦杆小心翼翼地走，踏着精心修筑的台阶。朋友吓得手足都抖，我也有点害怕，尽管这是多次攀登大坝了。从上面下来，走到下边的小村里。我们要找当年那个特别顽强的人，听听他的声音，和他坐一会儿。我们达到了目的。

在一个低矮的山区小砖房里，老人把我们让到了炕上。他身体不好，咳嗽，但仍然要吸烟。他盖着一床薄薄的小花被子，把花被子的一边搭到我们腿上，让我们也像他一样盘腿而坐。让烟，我们没有吸。很平常的一个老人，可就是他带领众人做出了朴实的大事情。可能他也有许多缺点，正像所有人一样。可是他做出了朴实的大事情。他很执拗，对事物有很难更改的固定看法。他的一些看法很少受到时风的影响。那些在风中流传、随着风气变异的东西，很难改变他，很难吹动他。我知道在这个世界上，他这样的人需要很多——需要多少，我讲不清。

离开村庄的时候我想：我们现在正是得益于这一类人，得益于他们留下来的创造，是他们当年在工地上修筑、打造，才有后来者的享用。就像水库，没有积蓄，就没有流淌。人们有时候只歌颂流淌，狂泄和放纵，而忘记了积蓄、忘记了怎样才能够积蓄。

收敛的时代是不让人愉快的，可是没有收敛，放纵也不会长久，放纵不等于创造。

沙

没有什么比它更常见，我从小到大，一睁开眼就看见沙。细如粉末的沙，粗沙，望不到边的沙原，高高堆起的沙岗。在白得像面粉似的细沙滩上，留下了多少记忆。那上边长出的一丛刺蓬，一株槐树，特别是春天里刚刚生出的小桃树苗，在暖融融的沙面上蠕动着的一个甲虫，都那么生动感人。沙滩和潮棕壤与褐土壤所不同的，是它更适合嬉戏、躺卧，它真正是童年的无边的席子，是他们的大炕和被褥，是他们欢乐的温床。

这片犄角有很大的一部分是由沙子组成。在临近海洋的地方，在犄角北部、东部和西部的边缘，都是各种各样的沙子。还有，在滋生树林和灌木的地方，也往往有很多沙子。

一年冬天，我看到一支“深翻”的队伍在无边的沙原上开始了挖掘。他们挖出一排排的长沟——原来几米之下就是乌黑的泥土。他们把泥土翻上来，把沙子再翻下去，这就是所谓的“深翻”。一条一条深沟挖开来，后面的沙子正好倾进前面的沟底，这样轮番倒腾，就有了一片黑色的泥土——付出了多大的劳动，可是一片黑壤竟然造出来了。在这上面几经改造，不久的将来又会出现一片真正的良田。

如今已经很难寻找人们用手营造的那样的良田了，倒时常可以发现沙子的珍贵。原以为取之不尽的沙子，竟是一种奇珍异宝。有人花高价让人从海岸上偷沙，偷到海港，然后一船船运走。运到何方不知道。反正玻璃厂、建筑工地，到处都离不开它们。那些偷沙者有许多发了财，他们就像西部偷猎者那样面目可憎，躲闪着追捕。在夜深人静的时候，常常是下半夜，他们才把车开到海滩上去偷沙。天亮时分，那些巡视的看护人会看到一个又一个湿漉漉的沙洞。

有人曾觉得保护沙子十分无聊，认为沙子反正是海浪从大海深处推拥上来的，取之不尽。他们不知道沙子也是一种十分有限的资源。实际上，它是由千万年的河水从高山上一路冲涮到大海里的，大海再用左右漩流把它们推到岸上——这就形成了所谓的海岸沙坝。

据那些管理沙石的人讲，沙子的优劣差别很大。比如这个犄角北部的一些沙子，可以说是世界上最优质的沙子之一。这是指制造玻璃器皿和搞建筑而言。它们纯度高，含土少，随便抓起一把在水里一淘，即会发现每个颗粒都晶莹剔透，让人一下想起珍珠。从北往南，整个的沿海一带沙子越来越细，越来越白。这是由于细细的沙尘更容易被吹动，它们随着北风南移，渐渐覆盖了一片膏壤。这就是细沙的来源。它们是大自然的威力，是筛选和摆布而成的。这种粉细的白沙有着更特殊的用途，也仅仅为这个犄角的北部所独有。

我在许多地方都很少看到这样大面积的粉细的白沙。这样的白沙上所生出的每一株草，每一丛灌木，都显得格外绿，格外干净和清爽。我看到：就在这样细细的白沙地上，播出了一片又一片的红薯、花生，甚至种植了葡萄、西瓜和其它水果。这儿结出的任何一种水果都有超乎想象的甘甜和香气，因为沙子把阳光反射出来，把光和热分赠给水果；原来这儿的土地上所生出的植物，都可以获得阳光双倍的恩惠。

夏天的正午，人们不敢赤脚在沙地上走，到处滚烫烫的。还有，即便戴着斗笠，不长时间皮肤也会被沙土烤红。每个人都变成了烤红薯，回到荫凉下彼此看一眼，都觉得对方比过去可爱。

地有三分

这个犄角总的来说属于半岛的一个角落，一个边缘，只是它更加凸出在海里。然而要仔细划分起来，它的整个面积有三分之一属于山地，三分之一算作丘陵，三分之一则为平原；另外还有两个岛屿，有它自己的一个半岛。自然地貌的主要属类在这儿被悉数囊括，所以它是一个完整的、自给自足的世界，它有自己的丰富性和多样性。不仅是物产，而且还有文化和风习的互补。比如山里人和海边人，口音相异，举止做派与志趣都大为不同。山里人强悍保守，而海边人灵活多变，时髦，也多少有些傲慢率性。所以当地人流传着“山霸王海贼”的说法。而中间的丘陵地带，由于同样像山区一样，有一些凸起的岩石，人要爬上爬下，所以生活起来就更多地像个山里人，他们也自觉地把自己归于“山区一族”。犄角的边缘才是平原，而平原上的人格外富裕和强大。他们差不多自成一个世界，是犄角上名气最大、最具有代表性的族类。他们无论年长年幼，一概将南边山区的人叫做“山里老大哥”。由于过去交通不便，山里人很少吃到海鱼，沾不到腥气，这在海边人的眼里也就分外可怜、愚笨和不够开化。而沿海一带的人有鱼类的帮助，磷和蛋白、钙质吸收得多，就似乎有体力和智力上的优越感。他们往往是开放的先驱，是风气的制造者和率领者，往往最早享有一些洋玩艺。

其实山里人也有自己令人羡慕的优势。比如说山里人更长寿，更老实也更本分，人事关系也远不像海边上那样混乱。山泉的甘甜，山果的鲜美，这都是平原人难以享用的。

土地生人，改造人，教导人，决定了人的一切。所以我大致可以说犄角上有三种人，他们分别是平原人、山里人和丘陵人。

作为土地过渡带（丘陵）的这一部分人，在最近几年变得越来越像平原人了。而真正的山里人却变得很慢。奇怪的是越来越多的从海边上到山里工作的人愿以山里人自居，动不动就说：“俺是山里人”。可是族居的山里人却往往回避这个词儿。

近几年山里发现了金子，平原上的人就进山帮他们开采，连犄角之外的人也远远赶来了。金矿四周盖起了一片又一片别墅。也有很多人死在大山里。

而很早以前，山里人认为海边上才是最危险的，因为许多打鱼人死在了海里。现在他们才知道，大海和高山对人都是一样的危险。

丘陵地带的人在漫坡地上一辈又一辈耕种土地，悠闲而贫困。但他们今天越来越不安分。

他们过去是往北，现在是往南——去寻找那种危险。

月 主

不知太阳神住在哪里。月亮神呢？查查典籍就可以知道，原来她住在莱山。莱山在哪里？原来就在这个犄角的南部山区。秦汉时期，莱山曾是天下驰名的几大名山之一，而如今却湮没在众多的名胜里了。比起其它名山，它不够高大，似乎也有些偏僻。天下是否有比它更早的、被月亮神选作居地的山峰，不得而知。

当时的千古一帝秦始皇在两次东巡(也有人认为是三次)当中，曾亲自登上莱山，拜了月主。当时的月主祠的基础，至今还留在莱山上。秦始皇东巡的壮举留于正史，所以没有一个历史学家提出过怀疑。

其它的都是传说。

比如说那个欺骗了秦始皇、率领三千童男童女和五谷百工、东渡瀛洲的徐芾，就是在这儿拜见了秦始皇，领受了采长生不老药的命令，得计而去。还有，离莱山不远的那条黄水河，一直流向渤海湾，在海湾那儿形成了一个有名的古代军港；而那个港湾如今已是淹没了大半，成了沼泽——当年就在那里，徐芾造船，集合船队，弄足了粮草和各种各样的重要人物、精巧器玩，然后扬帆起航。这一伟大事功的准备时间可能不会少于三四年。

今天看，这座莱山似乎已经不堪重负。加在它身上的那些重大的历史人文似乎太多。月主祠果然列入了重新修复的计划，这座草木葱茏的秀丽小山很快就要响起一片建筑的嘈杂了。

在整个南部山区，莱山是植被最好的一座山。山上有采不尽的各种药材和奇花异草，有人在这里甚至发现了成片的百合，发现了大得惊人的杜鹃树。莱山的秀丽，它的规模和姿容，的确让人感到了阴柔之美。它真的应该属于月亮神。在许多时间里，它在太阳光的强烈照射下，显得欣欣向荣。可是在黄昏，在清晨，在绿色笼罩的浓荫下，仍然能够感受到那种阴凉和幽暗的温柔，感受到这座山所特有的那种温煦可亲的气息。

攀登莱山有许多道路。除了其中的一条可以勉强开进汽车外，其它都是踏出的小径。登上这座山的主峰并不累，但一路上却可以饱览秀色。即便是冬月，仍然有绿色的松树。干枯的草藤附在岩石或山土上，显得那么朴素和安静。何首乌、地黄，还有蒲公英、拳参和枸杞，它们在这个季节里叶子枯黄，紧伏泥土，等待又一次苏醒和生长。

登上山巅北望，可以看到渤海湾。如果是一个晴朗的天气，还可以看到海湾里三三两两的岛屿和渔船——同时想到月亮为什么会选择这座山作为自己的栖身之地。这儿离月亮神的出生地实在是太近了，我们都知道“海上生明月”。不难设想，月亮神一定要寻找一个离大海很近的山，作为她陆上的居所。莱山的月主祠，实际上就是月亮神的别墅、驿站，或是行宫。依此推理，她当还有另一些类似的地方；但起码在古代，在很长一个时期里，莱山是最有名、最重要的一座月亮神驻地。

秦始皇当年登过泰山，拜过泰山神，进一步东巡。到达烟波浩淼的东海，其中最重要的事情之一就是登临莱山。拜过月主之后才去更东部，即荣城的“成山头”（所谓的“天尽头”）。从“天尽头”往南，沿海略作徘徊，又往蓬莱、黄县一带海岸游走——即“过黄陲”。就在这里，他射杀了大鲛，留下了传说当中最具神采的一笔。

实际上，亲手射杀大鲛的更有可能是他的随从，比如说那些渔夫和武将，而并非帝王自己。但任何事情不附加到帝王身上，就难以流传。征服和剥夺的力量才让人津津乐道——历史上似乎从来如此。

而这一切都是在温柔的月亮神的注视下发生的。

尽管太阳是万物生长的依赖，是热力的来源，甚至是月亮光泽的来源，但月亮神比起太阳神，却让人更为向往、依恋和亲近。

这儿常常能够看到那些衣衫褴缕的农民攀登莱山——在一些固定的日子和节令，他们来这里许愿、叩拜，把信赖交付月主。

半　岛

它从犄角上伸出来，像一把剑柄一样插入大海，结果构成了这个犄角上的半岛。我们字典中有一些字是专门为一些地方而造的。比如说“屺峁”两个字，就是为这个半岛命名。自己的“己”，母亲的“母”，各加一个“山”字，就构成了它的名字——“自己的母亲”。当地传说：自己的“己”本是寄托的“寄”，是远征的将士把母亲寄托在这个半岛上的一户渔民家里，然后出征打仗——名字即缘此而来。我觉得并不可信。但岛上的现代人还是为这个出征的将军搞了一个石雕塑像，并且为他从典籍上查了一个名字，全不在乎是否牵强。

近来这个岛上又有了徐芾的雕像，而且出自名手。雕像上徐芾的气质的确不凡，是一种庄严、忧愤的神情，不像现代人所搞的一般历史人物的塑像，不似那般平俗和过分装饰。但在我看来，这个雕像也仍然有些毛病——作为秦人，他的裤腰似乎过长了些；这么长的裤腰簇在胸腹，起码是汉代以后的事。在我看来，他的裤腰去掉半尺也就完美了。

按照传说推算，那个将母亲寄托在当地渔村出征打仗的将军，他当时背着母亲寻找此地，也只能坐船——因为那时候这儿还不是一个半岛；这里成为半岛只是近一千多年的事情：海水漩流把海底的沙子不断推拥过来，在小山和陆地之间缓慢形成了一条沙坝。

如今这个连陆沙坝平展展的，海拔高度不足两米，连接着尽头那个岩石山包。整个沙坝上全是松树，一片可爱的绿色。在去屺岣山头的路上，尽可以领受一种特殊的感觉：两边都是海浪，中间则有微微的松涛与之呼应。

就在这个沙坝上，十几年前还可以看到一个小小的庙宇：它供奉的不是任何大神，却是蚂蚱。所以这座庙宇就被称作“蚂蚱庙”。传说历史上这儿蝗灾严重，一群蚂蚱像乌云一样卷来卷去，地上颗粒不收，所以当地人就像惊恐雨神雷神、水神和土地神那样，为蚂蚱盖起了一座庙宇。他们认为一定有一个主管蚂蚱的神。

不知道这在全国是不是惟一的一座供奉蚂蚱神的庙宇。但我由此知道，当恶的胁迫力的确形成并不断加强的时候，崇拜者也就相应地产生了。崇拜往往是超越道德的，崇拜在许多时候是和恐惧连在一起的。

为了开展旅游，当地人在半岛上搞了各种各样的塑像、建筑，而且还发掘和制造了一些传说。这儿既有海蚀洞，那就刻上“神仙洞”三个大字，再塑出各种各样的鬼神怪兽，塑上拙劣的牧羊女和群羊。他们急切地要给一个自然美丽的半岛附加文化和历史的重量，增加其曲折性和神秘性，制造一些幼稚而粗俗的思维迷宫。实际上，这一切不过是事倍功半的一些游戏而已。它所固有的一些自然的地理的魅力，历史形成的一些痕迹，比如说蚂蚱庙，比如说在国内战

争时期，这儿作为一个港湾所发生的那些渡海军队的集结和牺牲的故事——一切原本是足够吸引人的了。

十余年来，不知多少次去这个半岛。有时候是陪客人，有时候是自己。现在那儿有部队，有一个很大的渔村，还有旅游机构，气象台，高高的灯塔。我从费力筑起的、沿石壁下到水边的台阶上，绕到陡直的海蚀崖下边。脚下是拍岸的水浪，往上看则是随时都会吹落的、看上去有些松动的石壁。实际上，即便在呼啸的大风天里也很少有石块脱落。石壁上有一个个海蚀洞，这些在千百年里形成的大大小小的洞穴，如今成了海鸥最好的栖身处。有一次我从海蚀崖转弯的时候，有一群海鸥从洞里猛冲出来，其中的一只翅膀似乎还扫了一下我的脸颊。

记得我还在海蚀崖下拣到了一个不大的海蜇，捧着它往前走。可惜只是一会儿，这个海蜇就化掉了大半。大约在三四年的时间里，每年夏天半岛附近都涌上一片又一片的海蜇，数量之多，来势之猛，让海边的人目瞪口呆——过去捕获海蜇的船，常常在一天多的时间里也不过捕上几只，而现在它们却自告奋勇地送到了海边，前仆后继，挤得船都开不动，网都无法拖。人们不再用大扣眼的渔网到海里围堵，而只用铁抓钩往上捞。海蜇在海边堆成了山，还在源源不断地汇集。一连三年，或者四年，都是如此。一时间，整个犄角的公路上都挤满了运海蜇的车辆，到处充满了海蜇的腥气。

女人都扔下了手头的工作，到海边来炮制海蜇。

这种百年不遇的收获季节，让人喜悦的同时也悄悄埋下了一个恐惧。许多人都认为这是一个不祥之兆——跟在后面的也许会是某种灾难。他们的这种怯懦和担忧是有来由的。

四十多年前，也是一个夏天，也是一连两年的时间，海边上突然出现了源源不断的青鱼。它们一群一群，重重叠叠往岸上涌。当时的青鱼就堆得成山成岭，海边的女人同样也是涌到这儿炮制青鱼。那时候到处都是熏人的鱼腥味，是彻夜不息的灯火。而后来，大约是一两年之后，就发生了异族人入侵的悲惨事件。这场战争一直持续了六年，给这个半岛、给整个犄角地区留下了永久的创伤。那些异族人在这里留下的建筑，至今还能看到。

屈指算来，从海蜇不顾一切地涌到陆地到现在，已经五年过去了。好像还没有发生什么足以让人记取的灾变。人们暂时扔掉了恐惧。

有一天，我在半岛南面洁净美丽的沙岸上散步。黄昏时分，大概人们都回家吃饭了，海岸上没有一个人。正走着，日落的方向出现了一个小黑点，它在晃动，远远看去像一个刚刚上岸的海物。我迎着它走去。那黑点在逐渐扩大，在向我走来。

只有几百米远了，我看清那是一个人，准确点说是一个孩子。更近一些我才看清，那是一个扎了两条小辫的可爱女孩。她顶多有七八岁，稚气可爱，圆脸，鼻中沟很深，眼睛又大又圆，黑黑的。令人惊异的是，她怀里抱着一条大鱼：不是横着抱，而是头朝上，像搂抱一个婴儿那样。鱼太重了，她不得不用力地腆起肚子，紧紧地抱住它——一条银鳞大鱼……这时我才注意到，不远的海湾里是一条条归来的铁青色大船。

这个可爱的小娃娃，肯定是在那儿流连的时候搞到了这条大鱼。

沿海岸往东，是村庄的边缘。这孩子大概要把鱼抱回自己家去。我一直看着她的背影，看着晚霞把她映成了红色。

大鱼和孩子都离我远去了，这真像一个美好的传说。

昔日花

记忆中的过去，这里给人印象最深的就是花：到处都是花，真正是花的海洋。我这里指的是春天来临的时候，是成片的洋槐花、海边果林一夜之间绽开的杏花，还有接踵而至的苹果花和桃花——这一切交汇而成的气味和色泽；是逗人的喜气，节日的嬉戏，是它所促成和焕发的那个年龄所特有的敏感与欣悦。

每年都开始盼望温暖的春天，盼望沙岭上的积雪融化。当雪水顺着高坡哗哗流下，把细细的沙末涂成美好的图案时，我们知道绿蓬蓬的季节就要来了，花的海洋就要来了；蜂子和蝴蝶纠缠一起，它们与我们一起玩耍、或是向我们发起挑战的季节就要来了。那时候我们的视野还没有现在这般开阔，不知道南部山区也有一片花的海洋；我们眼里只是这个犄角的北部，是这个平原。

随着季节的深入，各种各样的野花在灌木丛中盛开，它们取代了槐花和果花。这些花多得叫不上名字，但它们更奇特也更引人注目。后来又是每一家院落里长起的一丛丛蜀葵和美人蕉。这儿的蜀葵和美人蕉最多，我简直不记得在其它地区看到过这么多的蜀葵。那时这儿家家院落都很大，院内院外都长起成片的蜀葵，成了蜀葵林。我们就在蜀葵林里捉迷藏，吐露着过早来临的心事。一想起成片的蜀葵，我就想起了小时候的伙伴，想起在花丛中奔跑的男女同学。

他们常常把一大簇一大簇的蜀葵花带到学校，还有木槿花、菊芋。菊芋花连成一大片，望不到边，它们是繁衍得最快的一种花。在饥饿的年代，人们不是像现在一样把菊芋做成酱瓜，而是放在锅里，像蒸芋头一样蒸熟。实际上它是蒸不烂的，永远都是脆生生的。一大束菊芋花抱在怀里，然后再用一个水罐盛上，放在桌子上，那就是最美的一幅图画。

我所呆过的那个小学种满了白菊花，它在果林间隙，到处都是。还有，在果林灌渠旁，总是野生了一大丛一大丛的金盏草，又名千层菊——它有一种奇怪的邪味；但我们都愿伏在它的上面深深吸上一口，然后抱怨；不断地吸，不断地抱怨，学大人说一些难以入耳的粗话。在水渠下面的低洼处，是成片的粉红色的小蓟花。小蓟花不起眼，可是连成一片多么美丽，简直令人神往。还有荒滩上的荼花，一眼望不到边，它们在微风中摆动起伏，真正是如火如荼，来势汹汹。这种花在开春的时候可以吃，它刚刚长成一个花苞的时候，我们都伏到刚刚泛青的草地上寻找这种花苞。揪花苞时要发出"咕咕"的声音，当地人就叫这种花为"咕咕老"：因为这种花一老就不能食用了，只能吃它娇嫩嫩甜丝丝的花苞。可能是对"老"的厌弃吧，所以就在"咕咕"后面加一个"老"——"咕咕"是声音，"老"是担心。

不知多少次到昔日的荒原上，到记忆中那些小径上寻找。没有了，没有了小径，也没有了花。起码是没有那么多花了。只看到了洋槐花，它们偶尔有一丛在松树间闪烁。至于成片的果树，特别是记忆中的山岗、随山岗起伏的烂漫桃花，那一棵又一棵巨大的李子树——世上有什么花比李子花的香味更浓烈、更密集、更不吝啬，简直是疯狂一般地开放——再也看不到了。

没有了，这里只有一些丑陋的红砖建筑，有挤挤歪歪的烟囱、工厂，特别是熏人的化工厂。很明显，是时代的诱惑赶走了鲜花。丑恶的物欲总是鲜花的敌人。

农民诗人

我相信“农民诗人”是一些天生丽质的人。我们曾经宣传过很多“农民诗人”，他们在底层，在艺术特别是诗歌艺术的罕至之地，是在这些地方出现的一些奇妙人物。但是后来，许久之后我们才发现，这些人中的一大部分往往很难被称为“诗人”。不是因为他们的作品表现形式上的粗疏，而是其它，是因为其中最致命的东西的丧失——缺少诗意，缺少生命和个性的魅力。作为一个诗人，这都是最迷人的部分。他们更多的倒是一些巧言趣话的制作者，一些滑稽人，一些善于说顺口溜的人。

在这里我们必须指出：要让一个自然而然地生长起来的农民诗人丝毫没有顺口溜的倾向是不可能的，也过于苛刻，但我们必须透过这一切屏障，望到那对在欢乐中燃烧的眼睛，感知其羞涩而激越地跳动着的一颗心脏。他们贴近泥土，颜色相近，可你只是凭感觉，而并不需要逻辑和学术方面的推导辨析，就能一下知道他们是否正是我们所要寻找的——诗人。你被他们打动，而这恰恰是因为可以称之为诗的那种东西的缘故，正是它的力量——是它们在出其不意地突袭过来，掀你一个踉跄，你站稳之后，定定神儿，就不得不在心里发出一个肯定的低语，说：我遇到了一个诗人。

到现在为止，四十多年来，我相信我的确是、也仅仅是遇到了一个农民诗人。当然这个地方不是别处，就是我一再提到的那个渤海湾畔的“犄角”，是这片很小的土地。

当地人一直传说有这样一个“出口成章”的怪人：他记忆力特别好，荒诞，不正经，只是构成了一个村庄或是更大一片地方的欢乐的来源。人们对他钦佩，但绝谈不上尊重。当时这儿并没有“诗人”这个概念。他们把一些说快板的、能言善辩的、说数来宝的、所

谓“死人也能说活”的一些人，统统称之为“嘴子客”。说某某人是一个“嘴子客”，一个“大嘴子客”，或者说：“神了，嘴子客”。

在沿海的一个村庄里，我第一次见到这个“嘴子客”。这个村庄现在看人烟稠密，大约有四五百户；作为一个基层行政管理机构，它负责的范围还包括周围三四个更小一点的村庄。这个村庄的全名必须冠上两个字：“灯影”，正式的村庄普查书里都有这两个字。可以想见很早以前，这里还是大片荒原，人烟稀少；想必是远方的人往大海方向走，走到黑夜，模模糊糊从丛林缝隙中看见一线灯影。很诗意。

一个诗人在灯影里，这本身就很诱人。

就在那个较大一点儿的村庄里，也就是灯影里，我遇到了那个人。那时候他很年轻，但由于我更年轻，所以看上去他是真正的大人。今天屈指算来，他当年也不过三十多岁，是一个成家立业的人，即所谓“拉家带口”的人。

那个年头仿佛人生孩子很容易、很快似的。记得他当时已经有了三个孩子，两男一女，一律淌着鼻涕。他的老婆是一个身材细小的人，心直口快。给我印象最深的是她那一双美丽的大眼睛和发紫的、显得不甚好看的两个高颧骨，以及同样是紫色的肥厚嘴唇。用今天的眼光看，她也许并不难看，有点像亚热带的女人。可是在当时，谁都知道“嘴子客”娶了一个丑老婆。

无论是当年还是现在，人们对于美都有一些固执的、特殊的规定。比如说在五六十年代，人们眼里的美女必须是圆圆的大脸盘，只要有了这样的大脸盘，眼睛和嘴巴，更不要说鼻子和其它了，倒不再重要。人们看到大脸盘的女人就说：瞧呀，美丽大姑娘！而且在犄角一带，从过去到现在都不时兴娇小的女人。他们希望她的身材相对高挑，粗一点不要紧，只要匀称、健壮就好——再配上那样的大圆脸，也就十全十美。

由于诗人的老婆完全不是那种类型，所以人们都认为她丑。要从今天的角度看，她的肤色、脸型更有个性；她的身材，用当代人的审美标准来看，那也是时髦的。可惜当年大家都不以为美，诗人也就不以为美了。

他们经常吵嘴，但关系总还过得去。生活艰难，吃地瓜干，不停地劳动，清晨和夜晚都要赶到田里。在那种枯燥、但有时也显得过分热闹的集体劳动中，无论是家庭生活还是其它，都容易处理得多。忠诚和团结来自相濡以沫的生活，富贵和金钱，物质享受，的确可以让人心涣散，让亲密无间的朋友、让异性之爱腐败变质。

当时我是被嬉皮笑脸的一圈人推到了前面，因为在那儿，就是这个所谓的“大嘴子客”在即兴表演。

他穿了一件藏青色的衣服，一条有点短的黑裤，裤脚很宽，腰上用布条紧紧系了几下。那种老式上衣穿在身上，真像某种拘束衣，看上去两个肩膀被绷得很紧，两条胳膊往一旁翻着。他在人们闪出的一小块空地上，仰头、眯眼，进入了沉思。这时候大家都一声不吭，有的还半张着嘴巴盯着。所有的人都在等待，等待那突如其来的、一连串古怪而有趣的、让人沉醉的话语。这个人真是貌不惊人，矮小，不，是粗胖：典型的五短身材。他的头有很长时间都在忘情地仰去、仰去，两眼迷蒙，嘴巴抖动——抖得越来越厉害；后来，他的两手突然拍开了肚子，一下一下拍打。就这样拍了一会儿，才渐渐睁开了眼睛。他在轻轻转动头颅，好像在寻找天上的星星——大白天什么也没有，只有一轮太阳在稀疏的云里。他开始数叨起来，一句一句，越数越快，越数越流畅。

我发现他说的都是一些合辙押韵的话。他在诉说一场战争。这场战争年代模糊，在他嘴里变得多少有点逻辑混乱。我听着，觉得一会儿像朝鲜战争，一会儿又像是跟日本人打仗，还有时候几乎就是一支部队在怎样巧妙地围追堵截一股可怕的土匪——这股土匪就在古代的这片平原上，在荒野里出没，伴着老虎、狼、猞猁等等凶恶的野兽。这场酷烈的战争中，战士手持矛枪、机枪、手榴弹，甚至是一种特异的、神奇的飞弹，坐着飞车……总之，战争中运用的不同手段在科技程度上相差悬殊，更说明了他的编排正处于混乱状态。可恰恰也就是这种混乱，使他获得了更大的自由。

他说得有趣极了，大家一会儿发出“喔！啊！”“啊哟，他妈的！”“混蛋，真是大混蛋！”之类的喊声。每个人都忘记了一切。高潮一次又一次来到。也就在这时候，我发现诗人做出了一个奇怪的动作：他扯住藏青色的衣襟，猛地一拉，发出了啪啦啦的响声，衣怀一下子敞开了。原来他的衣服钉了一排按扣儿。随着这啪啦啦一声，胖胖的肚腹完全袒露出来，油光锃亮，像他的脸膛一样，都是黑红色。他两手拍打肚皮的时候就发出了乒乓声，伴着吟唱、数叨，真是显得格外来劲。

一会儿他的脸上满是汗珠，一首诗吟诵完了。

大家鼓掌、跺脚，看着他大口喘气。

只是一会儿，有人就喊着他的名字，让他再来一段，再来一家伙，快些，再来！

我也跟着喊起来，忘记了一切，忘记了对方刚刚经过了一场激动，十分疲劳——人们在索取快乐的时候总有点儿贪婪，我也一样。

他显然没法马上满足大家，他在喘息。后来他蹲下，坐在了半截土坯上。这时他又变得和大家一样了，笑眯眯的，懒洋洋的，显然不准备“再来一家伙”了……

就这样，我记住了这个人。

当时，我只知道他是一个说快板的，一个“嘴子客”，一个头脑

特别机敏而又多少有点儿失了正形的人，却没有想到他是一个诗人。要知道在平原上，一个男人的本分是田里的劳动，一个好男人要有劳动方面的超绝技能，因为他要忙生活，要顶着一个屋顶，率领一个家庭；他对于妻子和后代的责任，就是不仅能让他们在自己身边幸福，而且还要给他们打好未来生活的基础。像我遇到的这个诗人，他的嘴巴和头脑没有为他获得任何物质上的利益，所以人们在内心里并不看重这样的人——虽然要时时想起他，需要他。因为人们也可以忘记他，忘记他又不影响自己的生计——像那些村边的树木，某一棵因为长得特别高大或特别好看，他们有时候就会想起它，偶尔还会拿来夸耀。但这些植物，它们的命运，毕竟还不能与村民的命运联得更紧，二者之间也难以找到切近的因果关系。他们很容易就忘记自己在酷热的正午要在它的荫凉下获得宝贵的歇息，或在这儿思索，倚靠；他们更不去想：整个村庄都因为这些植物的生长而变得美丽，变得让人更加向往。这些树木与他们的村庄在平原上构成了非常和谐完美的存在。

当我长得更大一点儿，懂得了一些事情之后，开始用研究和探询的眼光来看待这位农民诗人了。我开始有了“诗”的概念，并且在正视这样的一个现象。我想了解他识多少字，他那些脱口而出的、像泉水一样奔流的妙语到底来自何方？是来自心灵，还是来自他的记忆和阅读？探询中我终于明白了，他一个字也不识，是真正的大老粗，连自己的名字都写不好。而他吟诵出的那些词句，一大节一大节从没有人记录过。有的他自己能记住，有的时间一长连自己也忘记了。而且其中的一部分，的确是他在参加晚会或到别的什么地方听来的，比如快板、数来宝之类。农民诗人当然没有什么版权意识，他并不认为由自己拼凑改装和转述会是一种抄袭。但可贵的是他在转述过程中总要做重大修改，大把大把掺进了自己的喜乐哀伤；他把它们串在一起，结果原作就给搅得混乱而有趣。比如说我小时候听到的那一场长长的吟唱，就是这样的产物。

时至今日，我后悔的是没能够帮助他，帮他把那些复杂多变、令人眼花缭乱、其产量大得惊人的吟唱记录下来。晚了，一切都晚了。他随着年龄的增长，吟唱的数量越来越小，记忆力也自然而然地开始减弱，诗句变短，美好的段子也在遗忘。而这个村庄里最喜好听他吟诵的一些人，也在开始死去；剩下的一些人，他们只能记取一点点片断和个别的句子；因为那些吟唱毕竟不是来自他们的心灵，那是别人的，是他的，是那个五短身材的贫因的人。

这里必须指出：诗人一般而言是必要贫困的，农民诗人更是如此，或者说农民诗人也不例外。在城市，甚至在国外，也并没有多少特别富裕的诗人。变质的诗人可以过得马马虎虎，纯粹的诗人好像就必要忍受贫困。像我所看到的这个诗人，就是这样。我进过他的院落、土坯房，亲眼看过他的生活。他的房子甚至没有砖石做的墙基，瓦顶刚刚换成，前不久还是草顶；土坯院落上，是没有上漆的一扇薄板门，而在不久以前这还是一扇柴门；泥院坑坑洼洼，上面满是鸡粪和草屑，一些灌木枝条……我不知这样的小泥坯屋，一旦来了大一点的雨水会不会坍塌。好像这儿近些年不曾出现过那样的雨水。

我曾在诗人热乎乎的土炕上攀谈过。当我郑重地请他把那些我印象当中最有趣的诗句复述一遍的时候，他显得作难了。他说得断断续续，远远不及在田边和村头那么精彩。我知道他需要激动，而我唤不起他的那种激动；他需要迎和，需要刺激，需要群情振奋，需要这种所谓的“场”来给予刺激和配合。

尽管如此，他还是吟出了很多。我问他那些听来的部分——如何记住？为什么能够听到一次，就几乎一字不差地转述？他的脸红

了，好像我是第一个指出他是“听来的”，是转述。他说：那怎么会忘呢？那比自己编还不是容易得多！我当时听了觉得有道理，可后来一想还是费解——这需要多么好的记忆力，这简直有点神奇了。但我又想，这种超群的记忆力可能更多地来自他对一种艺术形式极度的、出于生命本能的挚爱，是巨大的挚爱才让他焕发出巨大的捕捉力和记忆力——他觉得听到的这一切是如此有趣，简直不可多得，也就紧紧揪住，使它再也不能失去……这个情形在一般人身上也同样可能发生。

我指出他是一个名副其实的农民诗人，是指我亲眼所见、亲耳所闻，特别是身临其境的那种感悟和判断——我知道他会沉浸，会感动，会深深地感动；他会追逐一种意境，用自己所习惯了的形式来加以表达。而这形式更为直接明了，更能达到他所神往的那个境界。有时候，他的吟唱还具有一种史诗意味：这正是生于民间、土生土长的一类艺术家的共同之处。他们编年史式的诉说和记忆，有时候会不知不觉地踏入史诗领域。

一个宗族、一个村落、一个地区，所发生的一些大事，险峻、怪异，值得被后代人所记起的一些事物关节，都在这种吟唱中被如数地穿起。他们在诗的丝线上娴熟自如地拨动那些彩色的珠子，一串又一串。有时候他们添上一两枚，有时候他们减去一两枚——一首长长的史诗就这样诞生了。而且他还在接续上去，没有头尾……这就是所谓的民间文学，所谓的诗和史的结合。

最后——现在——当我终于记起他来，终于让兴趣、好奇心以及工作上的闲暇凑合一起，催促我去认真探究和寻找的时候，才发现真正地晚了。农民诗人不在了。

他好像不是直接死于贫困，而是死于沮丧。因为后来电视机有了，通俗歌曲有了，牛仔裤有了，录像机影碟机有了，什么都有了，钱也有了——这是指周围的人——当他们一切都有了的时候，往昔那样的聚会也就没有了，村头和田边地垄的集体劳动也就没有了。诗人再不能把他的吟唱和冲动完整无损地交给身边的人，即便是他的妻子和三个孩子——他们也像别人一样忙，没空听自己父亲的“穷说”。他感到无处吟哦，就只能自言自语；偶尔一两次有几个听众，也不多。今天，他的吟唱更多换来的倒是嘲笑和怀疑的眼神。

这个时代，好像从城市到乡村，都无一例外地丧失了欣赏诗的能力。诗人寂寞了，沮丧了，后来也就死去了。

他死去很多年之后，人们好像才突然记起了什么，有人一打听，他们立刻一齐大声感叹：他呀，那个人，哎呀，不简单！

就这样一个不简单的人，当年却没有人帮过他，不论是物质还是精神，都没有给予他什么援助。真的，他是寂寞而死，忍受而死，特别是——沮丧而死。他对许多许多都感到沮丧。如果我能及时赶来倾听这吟哦，就一定会听到他吐出的沮丧的内容、沮丧的节奏，这同样是诗。没有了，来不及了，我赶不上他的吟哦了。

我去看了他的坟头，很小，在荒野里孤零零的。奇怪的是这个村子的坟头大致是垒在一处的，那是所谓的族坟地；而这个诗人明明属于他们一族，坟头却孤零零的。它这么矮小，上面的荒草长得稀稀疏疏——好像荒草也不愿到这儿来生长。我不知道，也不想问。生前给别人带来那么多享受和欢乐的人，到了晚年，特别是死后，却要如此孤寂。

看来，现在，即便是另一个世界的人，也不需要诗了。他们不需要一个人激动的吟唱，不需要倾听。

不知是后人的决定，还是他生前的遗嘱，让其做出了这样的身后选择：孤独。

盯着这个坟头，蓦然想起了他的音容笑貌：激动的样子，头颅向上仰去，眯着眼睛，嘴巴颤抖；他黄黄的脸色，还有，我仿佛在什么场合见过他头上捆过一条土黄色的粗布。这个平原上的人是没有这样的衣着习惯的，但我越来越认定，没有错，他头上的确系过那样的粗布：这使他看上去更像一个弄小杂耍的，愈发滑稽和无足轻重，不过也更加让人难忘。

我长久地看着他的坟。我在想：如果有人把他所有的吟唱都记录下来，那该是多么了不起的一个长卷。那种丰富、瑰丽斑驳，是足以让好多领受风骚的所谓大诗人感到脸红的。

真的，我见过这样的一个人，我跟他交谈过，他的家在一个叫“灯影”的地方。我现在不过是记下自己所看到的一个奇迹，如此而已。

失冬雪

记忆中那个犄角，那个平原，特别是近海平原上那漫天铺地的大雪，是非常令人害怕的。有时简直不敢回想。可是后来，越是接近现在，越是怀念那样的大雪。

好像那时候更像冬天，那才是真正的冬天。大风，大雪，雪的山岗，雪的茫野，雪的故事。这是欢乐的故事，也是悲惨的故事，不敢回想的故事。我很难划一条界限，指出从哪一年开始，我们失去了那样的大雪。不过真的会有一条界限，跨过这条界限，就进入了无雪或少雪的冬天——直到现在。

而界限的另一边，仍然是漫天大雪……雪把一切混淆了，弄成一个颜色，铺展到天边，而且融化得很慢。整整一个冬天都是雪的世界，洁白的世界。春天来得很慢，但春天真正有一场大融化，大复苏，有一场冷热大置换。在暖流扫荡了一片寒冷堆积之后，烂漫的鲜花开放了——那该是怎样振奋人心的一件事情。

就在那条界限之后，一切都截然不同了。整个犄角上漫成一片无边无际、像海洋一样的鲜花没有了，它们变得寥寥无几。雪花和鲜花之间好像有着某种默契，做着历史的配合似的。失去一起失去，稀薄一起稀薄，丰盛一起丰盛。在失冬雪的同时，我们也可以说失去了鲜花，失去了一个盛大的春天。现在的春天温温吞吞，不急不躁，不浓烈也不激昂，平平淡淡地开始了。是的，没有冬天的峻厉和残酷，就没有春天的浪漫和温暖。总之让人铭心刻骨的东西，正在渐渐丧失。

这或许是一个时光运转造化的神奇隐秘的规律。可叹人生短暂，我们无力做出这种大观照，只得在记忆上寻找一点对比，发出一点慨叹而已。星转斗移，光年计算，古代蛮荒与现代文明，石斧石镰与计算机软件——这当中经历了多少，转化了多少。这一切决非个体的生命所能够把握。

在这儿我只是回忆小时候的新鲜记忆，新鲜视野；是那个时候所摸到、感到、看到的一切，是这其中的一件，比如说再平凡不过的雪。

记得傍晚只要看到天气不好，家里人就赶紧把一张锹收到了屋子里。为什么？就因为一夜的大风雪会把屋子埋去半截，门窗堵塞，人出不了门。这时候如果没有一把锹，该是多么危险和费事。我记忆中常常就是雪满院落，窗户堵塞大半，怎么也打不开门。那时候就得费力抽开门拴，从门缝里伸出铁锹，一点一点铲，一点一点活动，渐渐门扇开了半个；再铲，直到铲出一条通洞，一条雪的隧道。这样钻出门去，呵一口气，又冷又热。

愉快是孩子们的愉快，蹦跳呼喊，在白雪地道里游走。慢慢，许久了，如果我们不是自己把这条隧道捣破，那么太阳就会在上面

留一层融雪，夜间再变成一层冰的硬壳——雪的隧道要过很久之后才会被太阳搞上一个溶洞，开一个天窗。

在海边，除了密密的丛林，再就是风和水的通道，大雪的通道。雪随着飓风奔涌，它们攀上沙岭，或干脆形成另一座高岭。而雪岭白天被太阳融化，夜晚又被寒气封住，这样交替的结果就是形成一座硬壳雪山，让我们在上面攀登、打滑，从这一个上坡出溜到那一个下坡。就这样滑动，呵气抵御寒冷，最终耳朵、手背和脚全部冻坏。我们就在这种多趣和折磨中捱过了冬天的童年。

冬天的乡村和原野，大小城镇的交通中断是再正常不过的事情。仿佛在当年交通没有变得像现在这么急迫和必要，现在如果有两三天交通完全中断，会造成多大的损失，成为了不起的大事。而当年几乎没有听说过这方面的焦虑。封路了，人们就抄着手偎在家里烤火，读一点儿书，讲一点故事，到近一点的地方勉强走动走动。最后实在忍不住了，才有一些人呼喊几声，领人带着铁锹或其它家巴什走出屋子。疏通道路蛮有趣，那时像切大豆腐一样，一块一块把厚厚的雪切开，再一方一方运到田里。一条窄窄的路就这样开通了。刚刚通了路人们就急于行走，快速地行走，不停地走，到深夜再顺着这样的路回家。

大雪常常把路边的井、田野里的窟窿，如数封住，于是就常常发生一些跌进雪窟窿里的悲惨事故。那时候走路都要带一根长长的木杆探试，探到沟渠、窟窿、水井等虚处，就赶紧躲开。那时候的飞鸟和动物真是遭殃啊，它们很痛苦，要忍受寒冷和饥饿。这时候麻雀跑到院子里，我们就赶紧扬出高粱和玉米、饭菜渣屑，给予施舍。

因为很久没有看到那样的大雪，于是不再抱有希望。如今的情况是，常常整个冬天只落上薄薄一层，落上一两次三四次就已经蛮不错了。没有大雪的擦洗，天空，即便是原野海滨的天空，也要变得脏乱不堪。要知道今天的犄角平原已完全不是昨天，滚滚浓烟需要更多上帝的抹布。而大雪就是最好的抹布。没有了，上帝收走了。上帝也很吝啬。

记得有一年我在外地，犄角上来了一个客人，他一见我就马上瞪大眼睛，像报告一个重大事件，说：快回去看看吧，多少年没有的大雪了，完全像过去一样了！他伸手比划了一下。记得他是在腰部那儿划了一下。我也给震惊了，这么说一场深到腰部的大雪又开始降临那个平原了。

正好有事情，我就随他一起回到了故地。越往前走越是失望。齐腰深的大雪在哪？的确有一场不算太小的雪，但顶多也只小半尺。由于没有风，大雪很均匀地铺在地上。见不到过去那种高高耸起的雪岗，倒是平坦、安静地盖了一层。还好，几天过去之后，这雪并没有减去多少。要知道雪原的融化在冬季非常困难，只有到了春天才会加速消失。

一直往前，从犄角的东南部往东北走，然后到达从小生活过的那个海滨。

那里的雪也没有大上多少，仍然是不足半尺。我笑了，后来我谅解了。完全是出于对过去的记忆和某种企求和盼望，朋友做了夸张。这不过是一场中雪或大雪，很平常——在过去很平常。

尽管这样，我仍然在为这场雪庆幸，因为值得。要知道我们在失去冬雪的同时，也失去了夏雨和春雨。一般而言，我们这儿越来越干燥。失冬雪意味着什么？意味着失去丰饶，失去清洁，失去季节，失去一些带根本性的宝贵东西。

我很害怕。我常常害怕地想到这种失去。

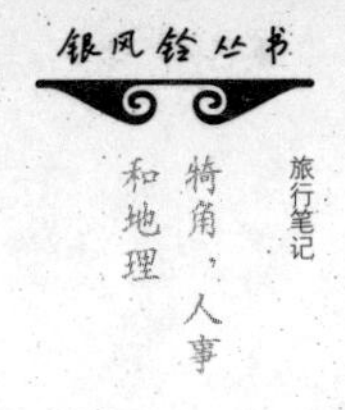

祷告

因为浅薄无知，很早以前我对于祷告，对于那些忙于祷告、遇到某种场合就一定要祷告的人，总是抱以游戏和嘲笑的态度。他们的这种举止究竟包含了什么，意味着什么？它与生命的关系？我却很少思索。实际上我是没有能力去做这样的思索。

直到后来，直到前几年，我在这个犄角上遇到了一位可敬的老人，听到了她的祷告，才感到了什么。我觉得内心里有什么在摇颤。我想说，我有了一次非常重要的经历。这个经历甚至可作我的某种纪念。

长期以来，我们很难在宗教与迷惘之间做出判断，很难在有神和无神之间做出判断。实在讲，这种判断直到今天对我来说也是非常困难的。

老人七十多岁，十分健康。她的全部都是积极的、向上的。由于有了这一切，使她的人生在最困苦的时候也显得不那么困苦。她一生所经受的煎磨，是人类经验中所认定的那种最可怕的煎磨，不仅贫困，还有屈辱，有各种各样的挣扎。这些都难以细数，但有一点可以肯定，她从未屈服，也没有简单地忍受，而是在信仰的指引下，坦然向前，勇敢面对。就这样，她料理好了自己和身边人的生活，帮助了他们，同时也帮助了自己的灵魂。这漫长的人生经历，这种有神的岁月，使她的双眼放出明澈自信的光，那更是善良的光。

她顽强地向我做出规劝，引导我，但并没有强迫我。她是一个信徒，却并不防碍自己与那些心中无神的人的正常交往，尤其是不妨碍她向他们施予的善良与恩惠。

她衣着简朴，为着一种使命，风尘仆仆地来往于城镇乡村。她蹬着一个三轮车，从城市的中心向海滨进发，一口气可以行驶二十多公里，到她要去的村子里去传播认识，去送达神的意旨。

当她的亲人病了，或者是谁遇到了艰难险阻——她的孙子，她周围的人，朋友，或者毫不相干的人，她都会在心里为他们祷告；为民族、为国家，她祷告；为天运时势，她也祷告。从巨大到细小——说起来也许没人相信，她都为之祷告。

有一次我的电脑出现了故障，那么急于排除却又不能。当时我身处偏僻之地，找不到一个专家。我一筹莫展，真是抓耳挠腮，焦头烂额。就在这时她知道了，立刻从很远的地方赶来——她一进门就充满深情看着我的电脑，然后开始了祷告。

她说："电脑啊，电脑啊，你呀……"她用这种口气开始。当然她仍然要说到她的神，而且重要的是说到了我——说我是一个善良的人，神对我的拣选和爱……她寻找一切理由诉说。

我被感动了，这感动变得越来越深长。

临走的时候，她让我相信，让我等待；她说一切都会好的，让我增强自信。最重要的是，她让我面对这一困难，在任何时候都不要颓丧和失望，让我多想办法，行动起来振作起来。

她说对了，几乎一点也没有错。

她走后，当然电脑故障仍在；不同的是由于她的祷告，我的颓丧没有了。我开始变得轻松，携上它迅速离开。

后来当然是找到了一个人，当然是他帮我排除了故障。

如果没有那个老人，我是不会这样做的，我只会弄得一团糟，会把身边搞成一团乱麻，会像过去一样用拳头去擂我的电脑——而因为她的缘故，我却能用慈祥的目光看着这个曾经给我很多欢乐和帮助的、辛辛苦苦的电脑。我看着它，知道它有生命，它仿佛正与我对视——它祈求我的帮助，它病了。我不能拳打脚踢一个病人，不能对它粗暴。就这样，我伴着它，坐着我们的"救护车"去找"医生”、找“医院”……这就是整个过程。

我现在进一步认定，对于时下、对于我们所处的这个完全陌生的“现代”，无论对于有神者还是无神者，祷告都是一件善事。祷告有时候是勇敢的——不，许多时候是勇敢的；祷告让人坦然、虔诚、善良。信仰本身是伟大的，我们如果陷入一个没有信仰的群体，那其实是很不幸的。

信仰是多种多样的，多种形式的。信仰是一种纯粹，有了纯粹也就有了信仰。在这里，纯粹可以带来各种各样的祷告：有声的无声的，有形的无形的。纯粹的人才可以创造，可以生育，可以硕果累累，更可以健康，可以享用和欢乐。因为纯粹的人知道这一切意味着什么，它的源泉在哪里。

正是这样，我会一直记着这个老人，记着她祷告的声音。她是我生活中的又一面镜子。

我的这个认识将使我走向深刻，而非其他。

回眸三叶

林与海与狗

想起过去，心中往往出现并列一起的三部分：林子，大海，狗。它们纠集于我的童年。也许“狗”做了一切动物的代表，但它还仍然是具体的狗。它不仅给我友谊，帮助我理解，而且让我透视了许多生命的奥秘。林子在海滩平原上，狗和各种动物在林子中，我则徘徊在它们之间。

上学后童年就被约束了。但走出校门的时间总多于规规矩矩做学生的时间。我们撒腿在林子里奔跑，欢乐享用不尽，留做滋养一生。我们从小就认识了数不清的植物。大树灌木花草各长在什么地方，什么模样，都了然于心。它们后来只需我们以植物学上规定的名称重叫一次而已。

海滩上林密人稀，只有很少几个村庄散在林中。猎人、采药人、渔人，是他们在林中活动。关于林子的传说很多，这些传说的主题从许久以前就形成了，主要是劝人不要伤害动植物。它贯彻了人与物平等的观念。比如说口口相传的故事中，人往往不如一只动物善良和聪明，也不如一棵老树更值得敬重，等等。

国营林场里有一位老人，一些年轻工人。他们对我和朋友们都很重要，反过来也是一样。他们给我们故事和吃的东西，让我们看他们的狗；我们则使他们不寂寞，高兴；有时也让他们解解恨。因为人有时候总要发火、骂人，要追赶，这都是经常发生的。林场的人常为一些微不足道的事情翻脸，如临大敌地追捕我们。我们就在林子中蹿与藏。他们大了，心眼多，可是跑得慢，手脚笨。其实我们不过是摘了他们几条黄瓜、爬树折断了枝桠之类。他们动此干戈多不值得。现在想一想，可能是他们太孤单无趣了，就半真半假地纠缠我们。

还有果园工人。这些人与我们好的时候特别可亲。好的季节是冬天和春天。那时他们修土埂、浇水和剪枝，在鲜花中劳动，人也和蔼。他们开我们的玩笑，互赠吃物，与各位家长来往时笑脸相迎。但果子大了熟了就不行了。那时他们声气变粗。因为我们要想法弄一些果子。现在回想，人在小时候对樱桃、李子和苹果的思念真是不可思议。一定要偷，要摘。吃果子的欲望盖过一切。人的生命在那个阶段可以概括为“果子时代”。

也就是那种欲望使我们与果园工人关系紧张。他们提防我们，用对付敌人的办法来整治我们。比如埋伏、设绊子，一旦抓到就不依不饶。我们顺着紫穗槐灌木往前爬，爬到果园来一次偷袭。而他们也常常趴在紫穗槐下守株待兔。那是恐怖难忘的季节。

许多人在我们长大之后，在庄重的场合相互见面了，一想起往昔的对峙，个个不无尴尬。

穿过林子和草地去海上。海的春冬秋夏各有不同，很难说哪个最好。有人特别歌颂夏天的海，一提到海就是“畅游”。这是不能深入了解海的缘故。真正的吸引分在四季。冬海的颜色，浪涌推上的螺与鱼、一些木板小瓶杂物，就远非其它他季节可比。还有，冬海里没有多少船，海边最静，只有看渔铺的三五个老人。他们脾气怪，有新鲜大鱼，还教我们抽烟喝酒。如果要了解大人的故事，就得去找看渔铺的老人。他们健谈，乱说，没有禁忌。冬天的大鱼有逼人的鲜气，一锅鱼汤的美味从此不忘。冬鱼油旺，白水煮鱼只放一点姜和醋，有时还洒几滴酒。老人让我们回家偷酒，我们偷了。记得我们当中就有四个是他们教会了抽烟的，家里人发现了也并不严厉制止，只说："抽吗？早了些。"

夏天进海游泳的欢乐说了又说，是因为我们见到和经历的非他人可比。有一个叫"老黑"的人，能手擎裤子游到深海，来去自由。有一次他与人打赌，说要游到水雾蒙蒙的一个岛子上。他真的游去又游回。而今这一段水路通客船了，船跑一个单程要半个小时。

海上不穿裤子的人多，他们自然地来往，劳动中的裸体好看。我们从小习惯了这样的裸体，懂得了人体美。我们同时注意到：买鱼的或来海边游玩的女人并不憎恶和好奇。她们安祥平静的目光在裸男身上划过，让人觉得成熟和从容。这一点经历，能够让我们在后来的社会风俗变异中安然处之，让我们较为坚强和正常地面对各种思潮，包括社会体制的变革。

我们还亲眼看到一个人赤身裸体在海里逮一个大海蜇。它的彩色飘带缠到了他身上，使其疾喊无声，最后遍体烙伤。人疼得死去活来，躺在沙滩上滚动。

海上老大嗓门最豪，他是我一生中所见到的最能粗吼的人。这人后脖子上有一块厚肉墩，一在沙地上跑和喊，那肉就不停地颤。我们无论是在光亮逼人的白昼，还是在一排排火把下，都过分留意了他那个大肉墩。我们甚至觉得它是海上老大的必然徽章。他长得粗眉大眼，五十多岁；据说二十年前浪迹天涯，为许多女人所爱。

受人护佑和珍惜的大狗在人群中伫立、游走。它们有人一样的神情，挺胸昂首去看汹涌的海。它们见了打招呼的人就点点头，活动一下双脚，重新观察大海。不少人提到了欢蹦的狗和顽皮的狗，当然，那是它们幼小的时候。投入成人生活的大狗神气很像人，并且不苟言笑。

我们养了几次狗，为它们自豪和痛苦。它们一生的主要事迹可以写成一本大书。它们个个温情和机智，见义勇为。它们的结局都与动荡的社会有关。在急剧躁动的岁月，人都变得疯狂了，所以它们就成为牺牲品。这样的悲剧是人类社会悲剧的缩影。这使我们在后来的悲剧——发生的和必将发生的悲剧中，能够有所提防、有所预感和有所认识。

大黄狗，棕色和栗色的狗，大花狗，都是品质优异的狗。它们在进入人类生活之前仿佛先自选择了一次，因为我不记得特别坏和特别让人厌恶的狗。它们陪伴了童年，并让人长思不绝。

雪　路

当我自认为可以独立生活也必须独立生活的时候，就告别了海边，一个人去了南部山区。在大山里过了几年，又缘山地向更南、向东和西游走。我看到了过去不曾见过的山脉和都市，水陆码头，各色人等。它们和他们与我相逢，想起来真像是一闪而过，仅为一瞬。可是细细剖开，这里有多少难忘的旧事。这些故事堆积出一段生命。

我不能说那是一段风雨苦程，而只想说欢悦多于愁苦。山川人事都保护了我支持了我，让我健步前行。山乡大婶、林野姊妹、码头老哥，包括身上有许多缺憾的人，都留给我珍贵难舍的礼物。我在他们灶前喝下了米粥，至今却未能偿还一把小米。他们赠给我最好的烟叶，我今天却要小心翼翼地戒烟。辛辣的烟味能勾起昨天：火炕，纳鞋底的哧哧声，船上人扑扑啦啦的胶雨衣。

在走走停停的间隙，我曾入过一个工厂。厂房建在山坡上，坡地只有两亩大小，傍河。河水一年四季流动，哗哗不息。我上夜班每晚要涉水而过，登上一级级梯路。一抬头就是皓月，是山的剪影，空中繁星。工厂里传来一个人的歌声，那是用当地土语唱出的，又闷又粗，有时又出奇地尖亮。唱歌的青年奇瘦，长了水蛇腰，斜眼，人却无比善良。工厂中有许多女孩，他个个都爱。她们都不爱他。于是，他在特异的心情下，在月夜，总是唱歌。

我有许久都与他同做一个夜班。在我后来离开时，他号啕大哭了一场。为分别而大哭，真哭，我到现在仅仅有此一遇。他当时总是把最苦的活儿抢在手上，固执地让我讲故事。不过我还是有了两手老茧。有一次在工作中不小心把硫酸溅到了衣服上，他就大喊："快往河里跑！"跑到河里，把衣服扔进水流。结果这件衣服还是给烧出了洞眼。

在最艰难的日子里，厂领导想方设法开拓生产。原料供应成了问题。附近小村里有一个不幸的人，他过去曾在一个大城市当过局长，只因生活作风问题严重而削职为民。厂领导想利用他原来的关系，请他替工厂出一次差。要有人和他一起结伴。因为全厂工人中只有我一个人戴了手表，于是就和那个人一起上路了。

这是多好的事儿，只可惜旅伴欠佳。

一个大雪天，我们俩提着一个黑包在山乡车站等车。削职局长已有五十多岁，瘦小非常，很矮，面色灰白。他对我用力地笑，背着手，围了一个大围巾。我极力想从他身上找出昨日痕迹。不过他的确落魄了，手粗鞋破，胡子黑浓。由于没有一把好一点的剃须刀，胡子总也刮不净。他说:“我是有关系的，能把我留在厂里就好了。”我明白，但我想这是不可能的。

厂领导行前对我说:“路上注意些,‘江山易改,秉性难移’啊!”人们都知道这个人在战争年代立过功，也就做了大官；又因为他的生活作风特别坏，也就变成了农民。我们只带了很少的路费，所以一路上只能住最差的旅社，吃很粗的饭。除了到外面接洽工作，剩下的时间就在大街上溜，在房间里待着。他非常能喝酒，每顿饭都要喝一碗，当然都是极便宜的散装酒。一喝了酒他就慨叹不息，说:“我当时怎么能有那样的‘爱好’啊！我怎么能‘爱好’这个啊！在这方面，你们年轻一代可千万不要学我啊……落到了这步田地，真倒霉啊！不过话又说回来了,‘路线是个纲’啊！是吧？是吧？！”

他讲战争，讲到悲壮处就流泪。他说解放这个大城市时，他左臂受了重伤，还是活捉了一个敌军少尉。“武松单臂擒方腊啊！”他的嘴张成了一个黑色巨洞，对我缓缓摇动；后来复又慨叹:“我怎么能有那样的‘爱好’啊！这个‘爱好’……”我惊异于他把那种事叫成了“爱好”。但我只是看看手表，并未反驳。

我发现这座城市的人真有认识他的，而且仍叫他“局长”。我们身上没有钱，为了节省路费，从乙地到甲地都是步行。北风呼啸中，他走在前边。一幅大围巾包着很小的头颅，让我感动。在大风中说话是吃力的，但由于他一路上兴致很高，所以总是说个不停。说到我们厂，他把它说成了天下最好的地方:“那里有一个多么通情达理的领导，他的工作方法多少有点像我！”还说工厂里有那么多好姑娘，“个个都”，说着歪头看看我，“小伙子好好干吧，多有前途啊”！

一连半个月的跋涉，要做的事情多半做成了。可是实在太累了，我们一直在风雪中辗转，最后总算要踏上归途了。可是直到上车时才发现：买车票的钱不足了。他只好出面到以前的“下属”那儿借了一点，可能因为羞涩吧，借来的钱只够一半路程。“另一半怎么办？”他一对小眼睛盯了我一会儿，咂咂嘴：“走吧。”

在大雪中走一二百里？而且这一路我们俩的脚早就磨起了泡。看看这个瘦小到不能再瘦小的人，我恨死了他。我想：走吧，你累不死，我就累不死。

结果我们下车后的一百六十华里风雪旅程，硬是一步步走下来的。快回到出发地了，一看到山影河流、工厂的烟囱，泪水一下出来了。我一步都迈不动了，坐在河边雪地再不起来。“局长”拉我，说这已经是“胜利了”！我真想骂他一句。一路上我没有搭理他。可是他说回去后，要我在领导面前多多“美言”，又一次重复那个美梦：“我要能留在厂里就好了……”

我们这一次长旅给危急中的工厂打了一针强心剂。所有人都赞扬我和“局长”。领导问起这人一路的表现，我说：“很好！”“怎么好？”“能吃苦！”

真是多灾多难。就在这一年春天，刚刚转醒的工厂突然失了一把火。记得那天我正转早班，半夜被火光和呐喊惊醒。不知是怎么跑到了烟雾腾腾的河边，那儿早聚集了全部工人和附近小村的人。当一半厂房快要塌了时，里面的东西还没有抢出来。厂长绝望了，他阻止人们进去。可只有一个人不顾一切往里闯，一次又一次拖出烧焦的东西。厂长大喊大叫，他就是不听。有人说：“天哪，他干野了，什么也听不见了。”正说着屋顶塌下一块炭火，那人一下子被扑倒在地。人们嚎着把他扒出，往身上泼水……他探出烧伤的头颅说了一句：“多可惜啊！”说完又垂下了头。

我这才发现，他就是那个小村的“局长”……

大火烧过第二年我离开了那个工厂。沿着山脉往东，去寻找新的生活。

离开前想起了一个人。我去看他，门锁着。最后在一块山地上看到了他：正拖着烧残的一条腿做活。他见了我，立刻昂起特别小的头颅笑了……

那些日子里，我一个人踏遍多少山路。常常想起的旅伴就是那个落魄“局长”。一个人走风雪之路，没有人在旁边，真是太苦了。这一年春节，我突然想起海边的家、那儿的母亲。可是到处被大雪覆盖，山岭和沟谷一片朦胧。我恨不得立刻奔到海边，心上阵阵急切。从南到北没有交通车，而且即便绕路，大雪已经迫使客车停止了运营。正在这时，我又想起了那次旅行，想起了那个人的话：“走吧。”

我踏着大雪，深一脚浅一脚向北，去翻一座座山。我一定要回去，一定。我知道只要一步一步走下去，就会抵达。

小城风雨

近十余年来我大部分时间生活在东部小城。这里，世纪末的喧嚣一点也不少。我在这里度过自己的白昼和夜晚。散散的小城，远远的小城，郊外有荒草的小城，追赶都市的小城。我抚摸它，如同抚摸我的血肉之躯。

世界太大了，我只能注视这座小城。十年间有多少变化，我一直在目睹一座城市的“蝉蜕”。“风雨十年路，小城可吟诗”，这里的朋友个个爱笑，用笑声送走忧愁。我们去葡萄园，去海边，去一切让人追忆往昔的地方。昨天的林海已萎缩成一条防风林带，热闹的海岸已没有了渔人，代之以泳场和水上乐园；更大的海域则被黄色排污水浸漫。在这儿悼念消亡，同时也企盼新生。

来自几所大学的毕业生回到小城，兴致勃勃又难免沮丧。我们结成挚友。工作之余去郊外，一口气走上十几华里，天天如此。即便是大雨雪也不例外。有好几次在阴天走出，半路又被突降的暴雨赶回，浑身透湿，风雨掩去了呼叫。那个时刻，灰暗的水雾，起着水泡的田野，打得歪斜的稼禾，还有凄唱的树木，都让人心动。这是何地？呼啸的世界为何如此寂寥？神秘的力量左右了四周，在它面前，世俗退让得无影无踪了。

一次，四个人一起去郊外。因为出门时天色不好，但料定不会在短时间降雨，所以只象征性地带了一把小雨伞。其中的一个朋友怀中还有一本书，有顺路捎来的几盘音乐带。想不到走出十华里左右，大风突起，雷鸣电闪，四野马上飞起了急急躲藏的鸟雀。大家相互看看，说一声“来了”，弓腰寻找避雨之地。其实一片原野只有蜿蜒的土路，连个草铺土屋都没有。大步往回跑，只跑了几步就明白来不及了。雷鸣就在头顶，大风愈加猛烈。雨来了，不是雨鞭，而是成吨倾下，击在身上。我们喊叫着蹲下，四个人挤抱一起，把惟一的小伞扯紧。最中间的人藏好他的宝贝，我们再紧紧围裹。大水在伞上“蓬蓬”响，“隆隆”响，水流马上成河，从膝下涌过。四个人用大笑回应这突来的、罕见的暴雨。

漆黑一片的田野，我们倾听叩击大地的脚步。不知度过了多少这样的夜晚。一起在渠畔树林驻足，遥望远城。无声无息的夜，感受和谛听的夜，如此美好。

在秋夏农忙季节，我们中的大多数要去郊外农村流汗。一身汗湿的衣服来不及换洗，白色的盐碱干成一圈圈图案。每个人的头发都扑满了灰尘，乱成一团，双目却灼灼发亮。鞋中是土，没法穿袜子。手磨糙了，五指不能持笔。从这个季节出来，人全变了，变得陌生可爱，直爽通达。说到文事，说到城里掌故，让人觉得是很遥远的、另一个世界的事了。

去海岛打鱼。只有海岛才有真正的渔民，近处的海不行了。岛上朋友用酒和鱼招待我们，我们一起干活。坐船，种“水地”、撒网，晕船就呕吐，一口气吐出几十年的淤积。一个月下来，回城时带走了十几盘拉鱼号子录音，还有海上传奇，都是原汁原味。

据考证，小城历史上出了一个古怪人物，叫“徐芾（福）”。他以为秦始皇采长生不老药为名，带三千童男童女东渡日本。关于他的传说遍布城乡，《史记》上也有明确记载。搜集这些资料，考察古人行迹，成了我和朋友的大事，以至于兴味盎然十余年。我们想找一个徐芾出生地，找了个叫“徐家庄”的小村；想找一套完整的徐氏家谱，结果发现一卷又一卷。徐芾传说、研究文论，搞起了几百万字。我们终于领悟，与徐芾相关的是整整一个时代：秦王统一中国的时代，焚书坑儒的时代，大变迁的时代，各种力量交织一起的时代……徐芾故事可不单纯。我们走近了徐芾，就是从粗枝大叶的历史观中走出。我们真的受益不浅。什么时候接近过如此多的隐秘？什么时候抓起了这么多的“民俗”？什么时候又沉浸于这般深的史海？我们在小城荒郊挖掘、考古、鹦鹉学舌，直到皱纹爬上脸颊。

后来我们参与盖了一座徐芾祠，塑了一尊高大的徐芾石像。动手的艺术家都是海内一流人物，而且个个景仰徐芾。

正史记载的徐芾与道家一脉，称为“方士”。可是我们都知道这是徐芾的骗人之方。他是个心气高远的人物，大隐隐于市而已。远渡重洋，远抵日本，建国立城者，岂止于一介“方士”？“平原广泽，止王不来”，我去日本时脑际一直回响着《史记》上的这句话。在狭窄的日本国土上寻找美丽不难，“平原广泽”呢？我看到了徐芾传说最盛、遗迹处处的佐贺，双眼立刻一亮。这就是一片“平原广泽”。

日本的文化，无论如何与中国文化，与我所置身的小城如出一辙。一切的风俗之中，相似相通何止十之七八。食生鱼、炕上盘腿吃饭、古服饰……更不用说文字与建筑。小城的徐芾，我们就这样相逢于这个世纪末了。

我的一个朋友从遥遥西部来到小城定居，极善诗文。他写了许多“徐芾诗”。深夜郊外听他吟诗不息，必有激动生出。而且我耳听弦外，听到了另一种鸣响。

朋友中有个诗人，这在物欲大盛之年当是幸事。多少次不记得了，在风雨之中，在乐观赶走悲观的时刻，我的朋友高声吟哦。我们则一声不吭。大家都知道：他在用大声压抑风雨之声……

秭归的精灵

大地上有一线流转的水，它绕过山脉往南，往东，驮载舟船、水藻和人的灵魂。生命之水，无穷无尽的想象和怀念。

无数次吟唱你的诗句，在瑰丽而神奇的思想面前陶醉和钦敬。想象你肃穆和忧伤的面容、风中拂动的袍袖，你怎样抵御严寒、怎样抛洒和排遣自己的焦虑。可是很少想到能够走近你，因为你是不容任何凡夫俗子挨近的那种灵魂。

是这奇特的山脉、郁郁葱葱的林木，特别是这些流转的水，滋生了一个独一无二的精灵。你是它的发声器官、吟唱器官。

终于来到秭归，看到了你如真似幻的墓地，从那个小小的方洞里，窥见了朱红色的棺木。在墓地临近的长江水岸，又看到了龙舟，一排一排，拢在一起。再有不久就是所谓的端午节，就是抛洒粽子、龙舟竞赛的日子了。这片土地上的人用充满诗意的举止，用这个节日来怀念和自娱。

而那个悲伤的、忧郁的、浪漫的诗的精灵，却飞翔到遥远的云端。他在虚无缥缈之间俯视这片不断变幻的土地。这是故地吗？这是他的坟墓吗？这里埋葬了什么？埋葬了一个久远的希望，还是绵绵不绝的浪漫？

这只有那只在云端上歌唱不止的百灵才能够回答。“长太息以掩涕兮，哀民生之多艰”。这声音比这流转的水还要长，永远不会干涸和消失。它化为潮汐和星月的辉光，伴随长流不息的生命。追随那个精灵的有无边的忧伤和神奇的想象。在这之前和这之后，都没有任何一个诗人抒发过这样的情怀，没有过这样精妙和鲜烈的比喻。在那首著名的长诗里，他把绚丽的兰草、菌桂，甚至是薜荔的花蕊披挂在身，又将木兰摇摇欲坠的露滴、秋菊的花瓣，作为朝夕的餐饮。是的，只有这样的衣着披挂和这样的饮食，才配得上那颗洁净透明的、芬芳的灵魂。

吟唱你的诗句，忍不住双泪长流。似乎看到了那摇摇欲坠的芬芳的晶莹怎样渗流和滋润。在这无所不能的惊泣鬼神的吟唱之声里，人类拥有了一次意想不到的致命炫耀。

这个精灵在俯视一片土地的时候，或许会有彻底的陌生感、一种特别的凄凉，让他不忍再看。可是他又不能离去，不能消逝，不能割舍。他属于秭归，属于这一线流转的水。

可这到底是哪里？是秭归吗？秭归又是哪里？那红色的棺木、刺眼的朱红，那拢在一起的龙舟，那各种各样的题辞，嘻笑的、怪模怪样的、打扮怪异的游客，这一切又来自何方？为何生成？

精灵带着双倍的叹息和难以言喻的悲伤，浮在云端。不知多少凡夫俗子对他发出了放肆的议论，指责他孤芳自赏。是的，无论在当时还是后世，他都是真正的“孤芳”。在山河大地，在人类的群星之中，他才是一个伟大的奥秘。他用自己的喃喃自语抵御了千万年的嘈杂喧嚣。

令人费解的是，那么多悲哀忧虑，深重牵挂，为什么就不能遏止和阻断那海阔天空的想象、遮去那使人迷醉的、弥漫在天地之间的芬芳？

不能设想在辽阔的北方能产生这样的歌咏、这样的奇迹、这样的神采。请悟读一方崭新的山水，大江之侧的秭归吧。这重叠陡峭和碧绿的山脉在许久之前雾气愈浓，猿声不止，也更为神秘幽远。可以设想那此起彼伏的凄凉而悠长的招魂之声。这儿没有北方的铿锵，却有南方的诡秘和委婉哀怨、多疑和怀念。

诗人诞生于南方的贵族之家，却经历了长长的流放，走入了民间。非凡的素养和宽阔的见识使他更有能力感知真实和理解苦难，进一步取得了代表底层的资格。他是底层的代言人，底层的发声器官。他作为一个生命留下的，只是精神，而不是繁琐的细节；是本质，而不是表象；是他向上的、创造的、劳动的品质，而不是浅薄庸碌的浮层。怒其不幸，哀其不争，永远是一切底层代表者的基本精神状态。他因这种向上的精神而高贵，因情怀、气度、资质而高贵，而不是因为贵族的血脉。我们可能设问：血脉是何物？它又源之何方？我们只能说，它源于绵长不断的水流、膏脂一样肥沃的泥土以及土地的骨骼——重叠的山峦，源于无边的云霭、冉冉升起的太阳。总之，是滋润万物和一切生命的自然天地。

这不是虚幻的假设，而是生命的真实。是的，自然天地间包含囊括了高贵的生命，也有卑下龌龊。只要是一个生命，就必然在它的空间里汲取，并任其吐纳，不会有一个例外。

就是这样一个空前绝后的精灵，人民却没有因为他的飞扬和凌空舞蹈而弃绝厌恶。他们只为他而自豪，并且将他各种各样的故事讲述下去，让他永远存活心中。

这就是关于一个精灵、关于秭归、关于这一线流转的水的故事。在苍寒的水域，在山风的呼啸声里，我们可以想象诗人艰难的跋涉。他可以衣衫褴褛，吞食粗糙的食物；他可以像耕农和樵夫一样贫寒，但内在的思绪、心情却迥然不同。他就是这样一个卓然不群、辉映千古的人物。他追问天地万物，它的来路和去路，质询不绝。这可以让我们明白伟大的人物必有伟大的关怀，而失却了这种关怀，就没有任何根据去代表底层；既代表不了昨天，又代表不了明天；就会因自己的庸常和平俗而隐化于屑末，埋葬于沙尘。

诗人只能出产于流动的水、不倦的水，沿着山隙漫流、淹没、远去……与之相对的即是愈来愈远的海洋。海洋阔大邈远，无论是今天还是明天，大海都给人这样的感觉。最现代的交通工具也不能使人类丧失这样的感觉——而在远古，海洋对于人类更为迷惘和深邈。

南方的水，流转不绝的水，它诞生了一个精灵。

稷下之梦

这是出现在齐鲁大地上，文化和学术史上光辉灿烂的一页。不仅是齐鲁，而且整个的中国政治、学术和文化的历史，都因为这一页的翻开而感到欣慰和自豪。它引人想象，给予整个民族的精神活动以极大激励，并影响和塑造了我们的民族。

历史上，齐国稷门下的稷下学宫，终于成为不朽，成为人类文明史上一座永不倒塌的纪念碑。

当年在齐国都城临淄西门即稷门外，建立了“稷下学宫”，召来文学游说之士数千人，任其讲学议论。最著名的学者有淳于髡、邹衍、田骈、接子、慎到、宋钘、尹文、环渊、田巴、鲁仲连、荀况和孟轲等近八十人。他们一律被列入上大夫，给予优厚的待遇，受到极大的尊宠。稷下学宫在战国时代是各派学者汇聚的一个中心。稷下学宫的百家争鸣、名人荟萃的盛况从齐桓公田午开始，一直到齐王建时，前后历史约有一百四十年之久。这种巨大的存在不能不说是中国学术史和精神史上的一个奇迹。

稷下学宫的建立是以政治、经济和文化的全面繁荣和自信为基础的。当时的齐国是整个中华文化经济的中心，而齐都临淄是中国最繁华的大都市之一。在当时，几乎所有的著名人物都到过稷下学宫游访和讲学。稷下学宫的文学游说之士通常被称作为“稷下学派”。

稷下诸子之学并不是一个统一的学术派别，而是自春秋以来多种学术派别的集合体。他们不仅来自不同的国度，而且来自不同的阶级阶层。他们各自隶属于那个阶层和派别，是思想和精神的代表。政治见解、思想主张、理论体系、价值观念和思维方式，相距很大。当时的儒、墨、道、法、名、阴阳、小说、纵横、农家等各派著名人物，都曾经登上稷下的政治学术舞台，宣传自己的思想，合奏了一曲百家争鸣的交响乐章。但无论什么学派，都热衷于“作书刺世”，一个“刺”字标明了他们强烈的知识分子性，同时也折射出那个时代宽容大度的思想政治环境，一种可以茂长学术和艺术的参天大树的丰沃土壤。只有这种土壤才可以发掘和浇灌，以至最后的生长和收获。贫瘠的土地是无法承受这种发掘、冲涮和浇灌的。

稷下学者们研究政治、经济、哲学、历史、教育、道德理论、文学艺术、逻辑学、美学、法学以及天文、地理、历数、医学，讨论天人、心物、知行、阴阳、动静、道气、道法、礼法、义利、名实、王霸、法先王与法后王、人性的善恶、形神等等问题。他们除了研究社会的现实，还要反思漫长的人类历史，描绘社会的未来蓝图。这是何等开阔的文化视野，何等深邃严整的思想体系。

自夏商以来，各地的政治经济发展极不平衡，生态气候、地理环境及其他方面的差异甚多，形成了齐、鲁、荆楚、秦、晋、吴越等各具特色的地域性文化。从《史记》、《汉书》的记载当中，我们可以看到不同地域的巨大差别。当时对齐国的记载是这样的:“齐带山海，膏壤千里，宜桑麻，人民多文采布帛鱼盐。临淄亦海岱之间一都会也。其俗宽缓阔达，而足智，好议论。地重，难动摇，怯于众斗，勇于持刺，故多劫人都，大国之风也。”

一个“宽缓阔达”，正准确而传神地描述了当时的精神状态、社会环境、风尚习俗。整个社会的特质被凸现了。一个政治集团、一个文化集团的自信，必定来自一片土地的自信，没有这种自信就决不会出现“宽缓阔达”。当时由奴隶制向封建制过渡，处于所谓的社会的大变动之中。激烈的兼并战争已经打破了列国的分野。各国各地区的政治、经济、军事各方面的关系，不同地域间的文化交流空前频繁，正向着融合与统一的方向发展，而稷下学宫则成了这个时期多种文化交流融汇的中心。“我可以不同意你的观点，但我要坚决维护你发言的权利”——这一规则实际上正是稷下学宫最基本的原则之一。尽管诸子都可以直接向权力者建议、讽谏，但是他们并没有利用这种自由和这种机会来构陷，起码没有这样的记载。这是一种基本的，也是一种伟大的现象。这样的风尚和品格才无愧于一个伟大的时代。伟大时代的精神和艺术就是在这样的气度和品格面前结出了丰硕之果。无论阶级、阶层、政治倾向与文化心理结构、思维方式等等各方面的差异何等巨大，矛盾何等突出，自己的理论中心向何方偏移，有着怎样的学术动机和目的，但一种“多元”的思想和文化格局一直没有因为其他原因而受到影响，真正算得上平等共存。统治者在不同的历史时期和历史阶段，面对着不同的现实问题，对诸子学术的取舍和选择利用仍然会有所侧重。但各家各派在学术上却具有平等地位，更不妨碍他们自己的自由探索、开展争鸣的权利。

正是在稷下学宫，存在着当时整个中华思想界最激烈的学术争论和思想交锋。人的文化视野处于最开阔的阶段，人的精神也最为振奋，思维能力也至为强大。稷下学者几乎个个能言善辩。淳于髡与孟轲争论何者为“礼”，孟轲与宋钘说“义”谈“利”，儿说与稷下学人辩论“白马非马”，田巴与稷下学子辩析“离间白，合同异”；

荀况驳斥孟轲的“性善”论，批判宋鈃，攻击慎到、田骈，揭露诸子之学的理论缺陷；而邹衍则批驳儒墨的“中国即天下”的思想，揭露诡辩学家们的逻辑错误。鲁仲连则痛责田巴的辩说“华而不实”，等等。

在文字记载当中，谡下学子的辩才可谓空前绝后。那的确是一个学术和艺术的黄金时代。而只有这样的时代才能遭遇和集结如此之多的顶尖人物。伟大人物和伟大时代从来都是并行不悖的。他们支持了一个时代，创造了一个时代；而一个时代也容纳和滋生了这样一些伟大的灵魂。史书上曾记载长于辩论的田巴，说他“辩于稷下，日服千人”——一天可以使一千个辩手服膺，真是不可思议。我们就此似乎可以看到一个居高临下、雄辩滔滔的智者。

在稷下学宫大概很难听到指斥对方狂妄、大言不惭等等责难，即便有这样的指责，也很难成立，因为那是一个挥洒大言、倡扬大言、置辩通理的场所和时代。那的确是一个伟大的时代，是一个被一再颂扬过的“宽缓阔达”的时代。

那样的时代是没有长于构陷的智识小人的立足之地的。那样一个时代，关于它的一切记录，都是科学和艺术的一个庆幸、一个梦想。伟大的梦想来自伟大的人类，伟大的人类可以创造伟大的时代。

人类正因为有着强大的记忆能力，她才变得高贵和不朽。

这个梦是会常常做起的，它标示了人类的光荣。

古河之声

大地上有许多干涸的河流，它们只剩下躯干，而没有了血液；它们只留下了形貌，让我们追念昨天，想象当年的滔滔不息。

时光的尘埃掩没了另一些古河道，使我们连枯干的躯体也不得相见。我们无以考据，也无以感怀。只有在午夜，在寂然无声的一个人的时刻，尚可以倾听古河之声——隐隐的，若有若无的鸣响，流入心的深处。

古河是万水之源，是文明的潮汐，是劳动、艺术、创造的源头。现代人无论如何应该倾听古河之声。

在人类的记录工具不断更迭创新，从鹅毛笔到钢笔圆珠笔再到机械打字机和电脑打字设备、声控打字机……种种迅速的、目不暇接的、简直无从想象的演化和进化当中，人类同时也在经历着极大的进步和极大的退步。

一种难以预料的丧失使我们变得苍白而空虚。我们渐渐丧失了一部分咏唱的能力、喟叹的能力，不得不过多地依赖纸张、集成电路；我们甚至不愿意面对着纸页去涂抹和记录，更不愿像古人那样在物体上费力地刻划心得与思想。

自然万物左右于古人的灵魂。他们目击了、感动了，欢欣、伤

感，各种各样的情绪，就在窄窄的木条和竹简，甚至是在砖石上刻记下来。这是一种笨拙的、费时费工费心的、然而却是更为深刻难忘的记录。生命用刻写的方式印在了坚实牢固、可感可触的物体之上。这种物体是坚硬的，被我们后来人很好地保管了、贮藏了。我们搬动它们，展放开来，寻找昨日的事迹、声息，关于史实和繁琐日常事迹的记录，特别是思想和情感的记录。

这是一个令人惊叹的事实，可是它们都属于很久以前了。

与此相反的是，一些源于土地、源于劳动的谓叹和歌唱，要穿过很多曲折，变形、扭曲，最后才进入我们的记录；它或许已经失去了原有的色泽和气味，再也没有了那种实感，没有了那种凝炼和张力，变得平庸、程式化和显而易见的凡俗气。这可以使我们造成极大的误识。精神的触觉不再敏锐，创造的思维不再活鲜。这种无所不在的、陈陈相因的浸染使我们走向创作的末路。

如果我们要依赖典籍的记载去寻觅古老的声音的话，那么它在哪里？那美妙绝伦的歌唱和吟咏在哪里？

于是不得不想到我们的第一部诗歌总集《诗经》。

它们大多是劳动者的直抒胸臆，是真实的生命之声，绝少加以修饰的大地的器官发出的声音，是古人留给我们的一份宝贵遗产。只是由于时光的关系，它们才蒙上了一层古典的色泽，有点令人生畏。它们已被经典化、庙堂化。

那些由劳动者、卑微者吼出的声音，各种各样的声音，包括不平的呼喊、艾怨、嘲讽甚至诅咒，还有恐惧和颤抖，都在猝不及防的时刻变成了“经典”。这或许可以看成艺术的力量、生命的力量。生命化为声响和墨汁行使着它们的权力以及难以抵御的伟大力量。这种力量是任何其他力量——比如说暴政和专制的力量，甚至是遗忘的魔法——都不能够摧折和毁灭的。至此我们又一次理解了艺术与生命奥秘之间的奇特联系，它们的异形同性。艺术的自豪原来就是人类的自豪、生命的自豪。我们依赖艺术、歌颂艺术、寻找艺术，原来只是敬畏生命，只是在寻找生命永恒力量的本身。这一点也不成其为难解的奥义，而是非常淳朴的一个原理。

“坎坎伐檀兮，置之河之干兮，不稼不穑，胡取禾三百亿兮？不狩不猎，胡瞻尔庭有悬特兮？”“七月流火，九月授衣。”“九月筑场圃，十月纳禾稼。”“二之日凿冰冲冲，三之日纳于凌阴。”这仿佛从地壳深处传来的极为幽远而真切的声音，如同古河之涛。这流动的水，不逝的水，这千流百转的现代之水的源头，就是这样让我们感知着，产生出最大的激动，焕发着最大的畅想。是的，它是艺术和创造的源头。它使后来的其他艺术，所谓的“千古杰作”都黯然失色。它凝结着大地的隐秘，是后来者难以比拟的。

一个人独自倾听的时刻，是最有可能获得颖悟的。在这里，那些充满哲思和另一种魅力的域外艺术难以获得同等地位。因为我们的血脉里流动着古河之水，它们来自同一源泉，是从同一地母的心中奔涌而出的。

是的，这是具有血缘深度的、不绝的激情。我们也许无可选择。这种感动才是更为真实的、无可置疑的。那些催人泪下的奴隶之歌，那些令人神往的远古场景，绝望与挣扎，控诉与祈祷，欣悦与呼号，已经在我们人类精神和艺术的历史上永不消失。它们特别的意象，动人的声气，亲切的口吻；一种凭想象、知觉和悟力几乎毫不费力就可以触摸到的扑扑的人类心跳。这一切都夺人魂魄，让人不知所之。这是人类有可能发出的最感人的声音了。它于是不朽，它于是让现代人倾尽全力地加以摹仿一二。

因为它是遥远的河流，连结着远古大地，所以那种神奇的密码存在于我们当中，就像无所不在的种子、因子，分散在现代的所有生命里。它分裂、生长，产生新的变异；从现代艺术中，无论如何也仍可找到它。

它又像一尊难以移动、力大无穷的精神的巨人，可以打败一切敌手，现代的、未来的，来自其他方向的；纤巧的，诡计多端的，执掌现代技艺的……一切一切的生命都必须仰视它。

古河之声隐隐而来，无边的细碎。从深夜到拂晓，汇成了浩浩潮声，漫卷了黎明，覆盖了一切，充溢了大地。我们屏息静气，侧耳倾听，到后来整个心灵都被它鼓点般的敲击给震动起来。我们不得不因为过份的感激而伸出双手，拥抱这涉过午夜而来的遥远的传导。

纯　粹

不仅是世纪末，也许从更早起，我们就陷入了一场误解：越来越相信依靠机智、甚至是某种狡猾，可以取得空前的成功。这确是一个人人都急于比试机智的时刻，而忘记了它命定的限数。

于是越来越乐于嘲笑纯粹的人与事，对待一切率直、真实、完美与朴素，避之惟恐不及。起码的一点修养和自律也被看做迂腐，看作整个时代、特别是现代精神所摈弃的某种变质之物。

这种可怕的误解将把人指引到一个非常荒唐和严酷的角落。在那里，我们将因寒冷而中止和丧失全部创造和想象的能力。一切绚丽、烂漫、无比美好的精神和现世之果，都将与我们无缘。我们留下的会是更多的痛苦。这些痛苦甚至排斥我们的觉悟，因为时过境迁，一切都有点来不及了。

时光如同逝水。我们只存在于特定的时刻和地段，流失了，即不再复返。新的时代不属于我们，而属于我们的昨天却又不被我们所把握。现实生活只使我们寻觅所谓的成功榜样。其实这种榜样是不存在的。它是我们的臆造之物。

有人认为乖巧、方便、省力的捷径，在任何时候都会存在，在精神之域、世俗之域，都同样存在。其实这是真正的误识。在创造、劳动、精神之域，捷径是不可信赖的。它们既不能通向博大，又不能通向永恒。

人类健康的心灵始终是真诚的、严整的、不欺的，仅靠这一份永远不变的信念和操守，才能走进完美的人生。比如说可以嘲笑托尔斯泰的迂腐倔强、可以恐惧于鲁迅的执拗偏激，总之当代人都可以做得比他们乖巧十倍,但就是永远别想走近这些伟大的心灵一步。

这就是无望而无情的规律，只可惜在世俗世界里往往不被察觉。

可是它们在时光的长河里变得相当显赫。那种巨大的缺失会像山凹一样裸露在田野上，使人在遥远处一眼就能加以辨认。时光和历史是不欺的。在物质主义泛滥的时代，一种纯粹的精神、真诚的生命，虽然时常会受到遏制和磨损，但也惟有这样的时代，这种不可多得的品格才会熠熠生辉。它们照射的可能只是一个角落，可是这个明亮的角落将永远被人记住，并且成为指引的方向。

北斗在夜空里并非是最为显著的亮点，可由于它坚定的立场、不可更移的方向，终于显示出永恒的博大。这是时间和经验告诉人类的，是时间给予我们的参照。正因为那些移动和变幻频繁多见，北斗才显出了它纯粹的力量。时间老人给予的锐利之目，使迟钝者变得锋利。如今再没有任何人怀疑北斗的指示价值。

一个人走向自己的责任，这是一种至为淳朴的要求。也就是这种基本的向往，才将一个人的心灵引向了高贵。高贵不是脱离和傲然，而是走入和融化，是贴近泥土的结果。向真向善，即不可为而

为之；拒绝诱惑、嬉戏、流俗和毁坏，就是守住向真向善的品格。这当然异常艰难。因为这不是一个时段、一个年头、几个日月里所要坚守的东西，而是一生的信念。在纯粹的人看来，只要违背了这种原则，都在拒绝之列；只要背弃了这种心愿，都在抗斥之列。

相信自己和他人的劳动，相信道德的力量，它的相对恒定性，它在生活中的最高意义，它的可建筑性和可维护性；相信在充满消磨和困苦的人生之途上，善是可以有所作为的——它是我们惟一的希望和生存的理由；相信理性之光可以照亮前进的道路，可以驱除邪恶和魔障——以这种目标为生存信念的人才算是一个纯粹的人，一个不欺的人。

伟大的德国哲学家康德说:“有两件事物我愈是思考愈觉神奇，心中也愈充满敬畏，那就是我头顶上的星空与我内心的道德准则。”

是的，高贵的精神会有自己的源头和自己的源流，它们不会在一个时世里突然消失。它们也不会融入苇丛、草原和泥淖。它们穿过层层山脉可以出现在另一片开阔的草原上。它们终有一天会汇成巨流，一泻千里。而在有些时候，它们的确是会被什么遮掩和阻碍的。尘屑会遮掩它们，吸吮它们，它们不得不变成涓涓细流。太阳也会蒸发它们，但它们终会凝成水汽、露滴，重新降落下来，汇聚一起并来一次冲决。

邪恶之水也将汇聚，它们也有自己的源流。它们也在流动、腐蚀、围拢和侵犯。它们灭绝生命和毁灭创造。它们将因为淹掉明天，而变得不可原谅。因为劳动使生命不灭，所以劳动永恒。所有朴实的劳动者，那些在大地上匍匐的、无数劳作的生命，都在支持和汇聚着自己的河流，使其从涓涓细流变成汪洋之海。这海洋有潮汐，有起落，移动着，形成了这个星体上最壮观的存在。

劳动的力量，真实的力量，就是纯粹的力量。当生命回到了劳动和创造本身，也就回到了纯粹；当离开了它们，也就失去了那种品质。人类是永远也不可以告别劳动的。很多乖巧者试图与它脱离和隔绝，但由于失去了一种基本依托，很快就变得软弱和贫瘠，最后无一例外地走向了衰败，难以为继。

人类可以接受伤损、牺牲，甚至是劳而无功的结果，但最终还是不可放弃劳动。人类具有理性、知性，具有从此岸到彼岸的穿越与抵达的决心；这种决心是生命诞生的那一刻所赋予的，它给予生命以力量和顽强。它支持着信念，支持着人类所拥有的坚毅之举、前进的勇气、永不丧失的向往。

人类的纯粹与污浊的搏斗将永远进行下去。在人类存活的全部历史当中，纯粹是人必胜的根据。

从热烈到温煦

在那个遥远之地，在你的书房，抚摸这书桌、这漆布封面的图书，走在你印下了无数脚印的空间里，感受着阵阵惊讶。

一种难言的神秘敬畏之感像电流一样涌遍全身。

你是狂飙运动的先锋人物，热烈的歌唱传到东方。一种多么痴情的吟唱。我们相信这是强盛的生命之流对一个人的推拥。那种不倦的探索、对世界隐秘不可遏止的好奇心、追逐诗与真的强烈愿望，裹卷了你的全部。

少年维特的烦恼、疯迷和痴情，最好地概括和象征了那个时期的诗人。不仅是对艺术，对政治、科学，几乎在人类所涉足的所有领域，你都表现出了巨大的热情，呈现了过人的能力。

强大的责任心与强盛的生命力总是紧密合一，不可分离。博大的爱力也并非所有人都会拥有，而只能是人类当中最优秀的一部分才始终葆有。这种能力不会消失，只在生命中的不同阶段呈现不同的特征。那种像海浪一样涌起、裹卷一切的气势，即是一切生命力强大者的特征。

这种力量表现在对待异性以及对待社会生活的所有方面。它很容易就化为勇敢、探寻的执拗、追求的彻底性和坚定性。在这一场漫长的奔走之中，它的全程充满了激动人心的片断，留下了有力的足迹。可是在最初骏马般的奔腾和最后的冲刺之间，又有着怎样的差异、怎样惊人的一致性，却令人深长思之。

他那些火烫的文字，像河流一样滔滔不息的吟哦，以及他耗费几十年时光专注于一部主要作品的那种可怕的韧性和毅力，都同样令人不可思议。也许它们都来自同一源头，来自一个独特生命的不可猜测和预计的那种能量和活力。

在相距不远的同一片土地上，后来又诞生了黑塞。这个渐渐着迷于东方哲学的老人，出生在炎热的七月，结果一生都像七月般火热。他情感真挚，富于幻想，留下了许多滚热烫人的文字。他的爱充溢了每一章、每一节。

有人把黑塞视为一个终生忧郁的诗人，但我们却把他看成一个一生都在热烈燃烧的诗人。追求完美和真理的信念支持他奔波了一生、呼号了一生、思念了一生，也幻想了一生。像一切杰出的人物一样，他不知疲倦，直至终点。

就是这个忧郁的诗人，在一九一四年第一次世界大战爆发的时候，一次次地奔赴伯尔尼参加和平运动。他因为呼吁人道和理性，严重地触怒了统治阶层。他们将其诬为叛国者。就在这种强大的压力之下，孤立的处境之中，家庭又走向了崩溃。诗人的精神遭受了极大打击。但即便此刻，他却仍能战胜内心的危机，写下许多美好的诗章。

他们那种冲决一切的激情简直是难以磨损也难以改变的。就是这旋转的喷涌的激情，把他们送达了一个至真至美的、酣畅淋漓的境界。这种境界被无数人所追求，却极少有人如愿以偿。生活中，难言的磨难加在了他们身上，而且格外敏感的生命在接受这些的同时，要经受比常人多出数倍的痛苦。他们招致的磨难本来就比常人多。但这一切都未能阻止他们心中那激荡之水，未能阻止其喷涌流淌、一泻千里的气势，最终绕过生命的崖坎，穿过重峦叠障，流向更为开阔之地，浇灌出一片迷人的葱绿、炫目的绚烂。

像所有生命一样，他们从诞生到成长，经历了成年、中年，最后白霜护住额头，毛发疏衰，皱纹叠生，目光里有了更多的沉重、宽容和谅解——他们不约而同地从热烈走向了温煦。

内在的生命之火仍在熊熊燃烧，这从他们临近晚年的那些诗章中可以看得出来。“温煦”只是外形，“热烈”才是内核。他们可以沉缅于更深处，追溯到更久远。他们可以远比先前更为沉着和宽泛地追究生命中的一切隐秘，可以玩味和盯视内心里滋生的一切、它的全部。他们的爱会变得更为阔大和深远。

他七十一岁所经历的那场爱情，那场自我燃烧、两手颤抖、被反复记录和议论过的爱情，恰为这个走向晚年的生命作了最好的注解。这是一场具体而抽象的爱，甚至表现出原初的那种纯稚。当这场爱不得不在形式上中止的时候，却又凸出地再现了一位老人的温煦。温煦最终包裹了冲决一切的情感冲荡。

而另一位老人，却在后来愈来愈迷恋于东方的哲学。另一种智慧伴他寻找生命的永恒。他在更为从容达观的思绪中进行着一以贯之的探索，整个生命之诗在晚年书写了极为重要的一章。这与歌德几乎是完全相似的。

没有青年的热烈，就没有晚年的温煦；没有炽热的内核，就没有温煦的外表。这种温煦绝对不是生命力退缩的一个表征，而是它的深邃绵长。

一个如此平静的老人，双眼为何能够闪烁那么火热的光芒？一个如此和善的老人，为什么会有那么激烈而勇敢的言辞？他为何如此地执著、坚守、毫不退却，直到最后——最后的最后？他为何而勇敢？为何而奋不顾身？那满头银丝，那美丽的闪烁，连同他的目光一样，使人敬仰中又掺上了稍稍的惊讶。

是的，这是整个人类当中最不可思议的存在，是人类向冥冥之中发出的一个证明——证明其不朽与自尊。

纵观他们的一生，就是考察一条长长的生命的巨流，考察它流淌的长度、冲决的力量以及翻卷不息、奔腾涌动的浪花。从这晚年的温煦往上追溯，很快就会找到一个激烈燃烧、豪情万丈的诗人。这种火烈的燃烧，这种勇敢和勇气，是进入萎靡时代的那些小气偏狭的艺人、文字匠们所万万不可理解的：这些人往往在很早的时候就开始进入一种小心翼翼的规避，互相比试小脑的机智、圆滑、混世的乖巧。残弱暗淡的生命难以燃烧。豪情不属于他们，勇气不属于他们，冲荡不属于他们。他们总是过早地拾起了“宽容”、“达观”、“谅解”等等美好的字眼，来掩饰自己的怯弱和不磊落。他们总也弄不明白，“宽容”、“达观”、“谅解”，这一切，也必须由勇气和激情化成——它们仅是同物异形，是生命的不同阶段。

一个从来没有过热烈、勇敢和执拗的生命，怎么会走到真正的宽容和温煦之中、走到真正的谅解之中呢。

北国的安逸

法国翻译家、汉学家Chantal Chen-Andro女士在她的一本书里为我出了个题目：什么东西——它可以是一个词、一种事物、一种现象——会马上令人联想到中国和中国人？这个题目出了足有半年多，我却一直没能写出来。原因是我想不出这种能够直接引起联想的东西（事物）到底是什么，甚至还陷入了困惑。她作为一个汉学专家，在表述上绝对没有问题，我也相信自己当时即理解了她的意思。问题是我迟迟没有在文章中做出这个回答，一直心怀不安和歉意。

现在，置身于黄河北岸的阵阵秋凉中，我自然而然地渴望起一种特别的温暖，并且不由自主地想到了怎样度过即将来临的冬天。而且我还想起了过去几年中的这个时节，即秋末初冬在东南亚地区、特别是在欧洲出差时，在湿冷的寒风中怎样瑟瑟发抖，想起那时的窘迫和对灿烂阳光的期待。我曾经想到了中国北方热乎乎的大炕。当时如果有那样一个去处，我会毫不犹豫地直奔而去的。真的，在中国胶东冰冷的冬季，那时我们每次从街上返回，要做的第一件事就是赶紧偎上炕头：寒意顿消，满身惬意。可惜的是，如今不仅在国外，即便是在生活了几十年的这座北方都市济南，大概寻遍满城

也找不到一座火热的大炕。

然而告别了它，对有些人而言就是告别了一种生活、一种传统，一种独特的享受。这种享受实际上仅仅是属于中国，属于北方。它在一个游子的心中则更多地代表了中国式的煦热，集中了故乡和热土的一种想念和温情。

在这个秋天里，我好像真的找到了那个事物（东西），它就是中国北方温热的大炕。

是的，一想到炕的形象，它所包含的意蕴，特别是它在冬天所给予的那种安逸，也就想到了我们中国人才拥有的那种生活。想想所到过的国家，好像接近于这种大炕、这种居家习惯的，在东亚一带还有日本的榻榻米、韩国的暖床之类。不过它们与中国的大炕仍然还是不同的，它们看上去更多是相当于中国北方的"地铺"。标准的炕一般比双人床还要大得多，由土坯或石料做成。最典型的炕是用一种叫作"大墼"的片状土坯垒起的。大墼由粘土掺和了麦草拓成，坚韧，保温性能好。北方的中国，特别是东部沿海和辽阔的关东，几乎家家离不了大炕。在那里，一说到炕就想到了家，特别是想到了"我们的家"。在可怕的冬季，即便温度降到了零下四十度，只要有一个烧得热乎乎的大炕，那么这一家人就可以安然过冬了，这个家也就是可爱的。大炕的确让人充满了留恋。漫天大雪与噜噜响的火炉总是成双成对的；而火炉的烟道只能穿过大炕。这是一种极巧妙的设计，一种节省能源的良方。

大炕与床的区别在北方人那儿是非常清楚的。说到中年以上的北方人，他们十有八九会感念炕的好处。而对于床，对许多人来说那不过是不得已而用之罢了。炕宽大、稳固、随意、耐用。炕十分沉着。床比起炕来要显得单薄和轻浮，也不够坚固。一些有腰腿病的人，一些上年纪的人，一离了炕就会难受。还有些人只有在炕上才能睡得安稳，一到了床上就要失眠。我曾在胶东海边农村看到一些有趣的场景：冬天里，暖煦煦的大炕上放了小孩子，放了怕冻的红薯和南瓜，还有一只猫依偎着老人。入夜后一家人常常围在炕上剥花生剥玉米，男人时不时伸手到烟笸箩里抓烟；来了串门的也马上爬到炕头，一起做活，说说笑笑，传递见闻。这就是一幅北方农村的"过冬图"。我相信这样的情景许多人都不会陌生。

到了冬天，只要进了一户人家，好客的主人就会说："上炕暖和吧。"不仅这样，他们挂在嘴边上的还有："上炕吃饭"、"上炕说话"、"上炕歇着"、"上炕抽烟"、"上炕看书"、"上炕喝茶"、"上炕打牌"，等等。这让人常常觉得炕才是一切，炕是一个家庭的中心。的确，有时候我们不得不说，一个家庭是以炕为中心组织起来的。人的生老病死都在炕上，从出生到终了，都是在炕上。炕与人的亲密关系真是怎么说都不过分。

记得从北部广大地区进城的人，由他们亲手设计的公寓楼曾特意在主卧室留下了修筑大炕的地方，惹得城里老户哈哈大笑。笑过了，设计者照旧筑起大炕，并通上火旺的炉子。

炕不是床，所以不能说"一张炕"。它要说成"铺"；更多的时候还要按"座"来算，平常都说"一座炕"，听口气就像说一座山一样。山是不能移动的，因而它一直装在游子的心里，化为永恒的参照和长久的思念。

筑万松浦记

我一直想找一个很好的地方，在那里做一点极有意义的事情。是什么事情还不知道，但我想它要能足以引起自己的长久兴趣。当然，它对许多人来说都应该是极有意义的。它的整个过程还应该是朴素的、积极的。它要具有相当长的生命力，并且在未来让人高兴。它还需要由许多人以各种方式去参与，而不是被许多的人去索取一空。它从一开始就将拒绝那些只想到索取的人。

小岛对面

在龙口市的北部，渤海湾里有两个小岛，桑岛和依岛。桑岛上有八百多户，有松树和槐树林，有灯塔和礁石。这是个很美的岛，关于它的传说很多。其中有一个传说与它的命名有关，说的是秦代的智慧人物徐芾（福）被秦始皇遣去东瀛寻找长生不老药，行前曾在岛上种植桑树，养蚕织造。徐芾后来带走了很多人，包括史书上记载的三千童男童女、五谷百工，当然也少不了各类智慧人物。他这一去发现了日本列岛，高高兴兴过起了独立王国的日子，再也不回来了。这就是所谓的“止王不归”：整个的事件记录在中国的信史

《史记》中，可见已不是传说了。

桑岛之名的由来倒是个传说。不过如今岛上已没有大片桑树，也没有纺织业，只有其它林木，有发达的渔业。从南岸去岛上有十几分钟的水路，这是指现代客轮的速度。我在中学时坐了木制机动船去过一次海岛，大约花了二十分钟。那一次我在岛上呆了一个多星期，住在同学家里，尽享岛上新奇。进岛前站在南岸看一片海雾中的葱绿，如同仙境；进了岛，则不停地往南边的大陆遥望了，望到的是一片无边的林木，林木前镶了一道金边，那就是海滩了。

当年桑岛上的房子都是一种黑色岛石垒起的，屋顶覆以海草。岛的四周永远有鸥鸟环绕，正像岛的四周永远有扑扑的水浪和细细的沙岸一样。它的西北方，仅仅二三华里远的地方就是那个依岛了。如果把我们脚踏的这个岛比作地球，那么依岛就是月亮，不过它不会绕桑岛运行罢了。我们当年极想去依岛上看看，可是没有船。因为小小的依岛上面没有人烟，而且与桑岛之间隔开了一道湍急的暗流，据说除非有第一流的驾船技术才能渡过。渔民介绍说，依岛上过去只有一幢小小的茅屋，那是为躲避风浪的渔人准备的。一旦来了大风不能及时赶回，捕鱼的人可以就近靠岸，并在小屋中歇息下来，里面总是有常备的水米。如今岛上空空荡荡，一派灌木白沙，风景秀丽。一大群野猫成了这里的实际主人，据见过的人说它们靠吃水浪涨上来的小鱼小虾之类，个个长得干净强壮。

今天，这两个岛对于城市人来说已是旅游观光的最好去处。但要在岛上长期生活下去，要做一点想做的事情，似乎还缺少点什么。我去了岛上，像过去那样向对岸的陆地遥望，再次惊讶地盯视那片无边的葱绿。我的心头涌起了一阵感动。正对着这个小岛的是绵长的沙滩，茂密的树林。

那里与人口繁密的小城相距二十分钟的车程。

港栾河

有许多天，我一直在小岛对面的那片海滩上徘徊。这是一片真正迷人的沙岸，洁白到了无一丝粗砺和污迹；碧蓝的海水，退潮时露出五十多米的浅滩。这里没有鲨鱼出没，是天然的优良海水浴场。更为可贵的是它背靠了一大片松林，大得足可以藏禽隐兽，一眼望不到边，只听到鸟声不断，与近海翩飞的海鸥遥相呼应。与海岸交成直角的是一条古河道，叫港栾河。河的上游源自南部山区，很早以前与曲折密集的山下水网相连，接受丰富的山落水，水流量终年很大，这由古河道的宽大壮观可以看出。河的入海口有古港遗址，而今的小旅游码头就建在遗址右侧。

像许多古河道一样，如今的港栾河也在时间里萎缩了，充其量只能算是一条中小河流。但好在它还有辉煌的历史可以留恋。它的下游建有不止一个村庄，可以说它们都拥有得天独厚的地理条件。河中有鱼蟹，它有别于海鱼海蟹。入海口有洄游产卵的鱼类，所以每到了四月春阳照耀时，浅海里到处都是捕捞鲈鱼苗的男男女女，他们将把一个春季的收获卖给淡水养殖场。河道里有茂密的蒲苇，河堤上有高大的槐柳。由于古河道淤积土深厚肥沃，所以河两岸的树木比其它处茁壮得多，夏秋里看去真是冠盖相连，如雾如峦。槐柳与成片的松树相依衬，形成了另一种风韵。槐柳的碧嫩与松树的墨绿相间，层次错落；冬天和秋末松树浓绿依旧，槐柳则剩下了裸枝。槐的苍枝和柳的红条在绿色中闪烁，该是画家们的向往之地。

走在河岸上，就会把海浪的噗噗声遗忘，耳廓与视野全是淙淙水流。青蛙和鲫鱼在水中窥视，它们以漂亮的翻跃引人注目。有咕咕声响在密集的荻草中，不是水鸟就是穴中动物。这条河的珍贵在于它在许多时候为林中的鸟兽提供足够的淡水，如今堤岸下到处可见一溜溜小兽蹄印，可以分辨的有免子、刺猬和獾之类。也仅仅是十几年前，河两岸还有狐狸出没。

人们的传统居住理想，就是尽可能在河边筑屋，做所谓的“河畔人家”。而眼前的情与境何等诱人：海岸林中河边，三位一体。更为难能可贵的是，这里离那个去海岛的小码头仅有一华里之遥，安静便利，却没有喧闹。除此之外这里还有历史掌故，有传奇，有静下来即可听到的古河的哗哗之声。

万亩松林

最为诱人的还是这片无边的松林。准确讲它有两万六千亩，主要是黑松。据说这种松不易见到一万亩以上的面积，所以说眼下的规模实在可叹。它的形成是漫长的，除了原生树木，再就是依靠了人工种植。大约四十年前有一场浩大的造林活动，出动了万人营造沿海防风林，是这样的日积月累才产生了如此伟大的造就。苍茫海滩上的原生树种有少量黑松，其余就是一些灌木；乔木类有白杨、槐树、榆树、小叶杨、橡树和柳树。当人工松林于四十年后蔚然壮观之时，原有的大树就显得苍老豪迈了。它们间杂在一片林海中，是树木的尊长，是自然的智星。

有了不同的树种，有了偌大的面积，也就有了丰富的大自然的内容。我们今天的人对于大自然的蕴含越来越陌生了，简直是十分隔膜。关于一些动物的故事，我们仅仅是从书中、特别是从动画片上获得。我们还不习惯于发生在眼前的、身边的动物故事。我们知道动物的故事通常主要是发生在大面积的林子中，它们比起家里和动物园中的动物，会是完全不同的。

我走进这片松林，愈走愈深，竟有两次迷失了方向。从河的左岸向西向南，会走向它不测的纵深。林深处一片呜呜响起，这就是无时不在的松涛了。只要稍有一点风，就有这低沉浑厚的声音；但是如果有大风吹起，林中又是最好的避风之地。

随着往前，林中空地上出现了小动物的劫痕：散羽和断蹄，凌乱的兽毛。这里有隐下的猛禽，也有食肉四蹄动物。抬头寻觅，最常见的是红脚隼和雀鹰。我们马上想到的是厮杀，是弱肉强食。在无声的嘶嚎中，在一时安静得出奇的林莽间，一低头就是零散的羽毛；再就是黄色的小花，是小蓟与荠菜，还有草丛树下探出的蘑菇圆顶。在林中行走随手采下蘑菇是一件快事，那是毫不费力的收获。这里最多的当然是松蘑，还有杨树蘑和柳树蘑，都是最受人们青睐的美味。如果在春天，林中的松脂气味正浓得化不开，更有槐花的清香、满林满地杂花野草的熏蒸，人走在里面真像一场特别的沐浴。我与朋友在林中仅仅走了半个小时，鞋子就被花粉全部染成了黄绿色。那时各种不知名的飞禽成群掠过，云雀在高空欢唱，野鸡在深处鸣叫。我们惊扰最多的是野兔，它们有许多次被我们同时惊跑了三两只。鸟窝遍藏在深草中、树丫上，有时一不小心就会惊起正在孵蛋的鸟儿。

无论是雨天雪天，进入这片林海常常都会有一种享受。林雨淅淅也好，大雨怒吼也好——它别有一种气势，让你在稍稍惊异中领略许多。你会看到各种动物在雨中的姿态，树与草在洗涤中的欢快。脚下是刚刚润湿的沙土，是一簇簇顶着满身珍珠的绿叶。当然最好还是淅淅小雨，那时会有一种绵绵不绝的低语伴随着你的行走和深思。不过大雨滂沱是骤然而至的，这时我们就再也不会忘记闪电的颜色，记住在万木丛中急速穿行的风雨之声。在冬天，当踏着雪后的林地，会惊讶这里奇特的安静和干净。只要走动，脚下就响起无法形容的雪的声音；此时围拢在四周的全是清冽的脂香。林子在冬天变得幽深和优雅，树隙的天空闪烁新的瓦蓝。积雪在这里会存留一个冬天，或者再加上一个初春。雪后只需多半天，地上就是叠起的一个个小兽蹄印了，是它们留下的一些巧妙的图案。走在林中雪地辨认兽蹄是一种乐趣,有经验的林中老人能一口气认出二十多种。

走在林中，难免想象做一个林中人的幸福。可是这种打算太奢侈了。这种奢侈不可以留给自己，而应该留给更多的人。

人 缘

一个情境在心中渐渐完成，这就是在港栾河边、万亩松林的空地上盖一处书院。是“书院”而不是别的什么，是因为这两个字所包含的“内美”。

中国古代有著名的三大书院，如今除了岳麓，其余学术不兴。书院是高级形态的私学，起于宋，盛于唐，是中国大学的源头。现代书院该是怎样的姿容，倒也颇费猜想。静下思之，她起码应该是收敛了的热烈，是喧闹一侧的安谧和肃穆。热闹易，安稳难。在记忆里我们从来都是热闹的，不同的时期有不同的热闹。可是一些深邃的思想和悠远的情怀，自古以来都成就在有所回避之地。它的确需要退开一些，退回到一个角落里。

于是就想到找一处角落、一个地方。龙口地处半岛上的一个小小犄角，深入渤海，像是茫茫中的倾听或等待，更像是沉思。更好在它还是那个秦代大传奇的主角——徐芾（福）的原籍，是他传奇人生的启航之地。港栾河入海口处的古港也曾被认为是他远涉日本的船队泊地，当然更多的人认为是离它不远的黄河营古港：东去三华里，二者遥相呼应。一个更迷人的故事就发生在脚下：战国末期，强秦凌弱，只有最东方的齐国接收了海内最著名的流亡学士，创立了名噪天下的稷下学派。“百花齐放、百家争鸣”就源于稷下。随着暴秦东进，焚书坑儒和齐的最后灭亡，这批伟大的思想家就不得不继续向东跋涉，来到地处边陲的半岛犄角“徐乡县”。这里由是成为新的“百花齐放之城”。而今天的港栾河入海口离徐乡县古城遗址仅有十华里，正是它当年的出海口。

可以想见，秦代一统海内最初几年，徐乡城称得上天下的文心。

十余年来龙口人越来越多地迷于“徐芾研究”，而且声动南北，呼应京津，大约几十位教授发起成立了“徐芾（福）国际文化交流协会”。不说它的学术，只说这种追忆和缅怀所蕴含的一种地方自豪感、也许还有他们未及领会的另一些东西的珍贵。思想需要一种连绵性，传统也可以在追溯中慢慢建立。这个艰苦的过程已经开始并且不能停止，于是就给了我许多启发。多少年来，当地有多少热衷于文事、具有文化眼光的境界高远之士，在此不再一一列举。那将是令人感动的一长串名字。没有他们的热烈倡议和实实在在的支持，书院择址海滨河畔的意念就不会生成，更不可能坚定。

在那些令人难忘的日子里，不止一位朋友与我一起实地勘察，迈步丈量穿林过河。往往是多半天过去，面无倦容手持野花而归，谈吐间全是书院遐想。朋友即便身负重任，日理万机，也未曾把一件浪漫的设想掷于脑后；那种于俗务操劳中顽强存留的超拔的精神，实在令人钦佩和铭记。好像从来如此，一种信念和决意必须在人缘里生成，没有帮衬就不可能成功。

后来又有远城友人、海外文士抵达这个犄角。我们仿佛一起倾听了当年的朗朗书声和稷下辩论，激动不已。至此，对我来说，书院还未破土心中先自有了梁木。它是众手举力搭建的。

读书处

十余年来我一直寻找和迷恋这样一个读书处：沉着安静、风清树绿；一片自然生机，会助长人的思维，增加心灵的蕴含；这里没有纠缠的纷争，没有轰轰市声，也没有热心于全球化的现代先生。在这里可以赏图阅画，可以清诵古典，也可以打开崭新的书简。可惜这在以前仅仅是耽于幻想，而在我徘徊林中河畔之时，这样的机会总算实现了。只要带上书，携一个水瓶来到林间空地，坐上干艾草或一段朽木，背倚大树即可有一日好读。来时天气晴好，心情自然。若风雨袭来时则可奔海边渔铺，太阳热烈时会有枝桠遮护。远近是鸟鸣兽语，海浪扑扑；仰向高空，或可见一只盘旋的苍鹰。

我相信有一些好书必需自然的润释，不然字迹就会模糊不清。记得以前苦读中尚不能明了之处，一旦坐上林中空地则一概清明、进而着迷。特别是中国的典籍，那简直是由花草林木汇成的芬芳精华，除非远离现代装饰的房间而不能弥散。我与三两好友入林读书，一天下来不觉得疲累，也不感到漫长，而是于陶醉中享用了宝贵的时间，有一种最大的休憩和充实的快乐。

我不知道古代的稷下先生们踏上这里是怎样的情景，此地又做了什么用场。但我相信这里绝不会是林荒。因为它离一个繁荣的古港只有短短一华里，想必会有不薄的文明。时越两千余年，它的斯文不灭，仅仅是沉淀到土层而已，化为一片繁茂的绿色生长出来。我甚至想象那些稷下先生就站在此地辩理说难，手掌翻飞，一个个美目修眉，仙风道骨。总之沧桑巨变，隔海听音，丛林守护的大半是永恒的精神。

林中阅读的间隙少不了神飞天外，幻想起浪漫的远古。我想象那些远涉大洋的探访，琢磨《史记》上记载的那段惊心动魄的大迁徙，心中怦然。这段史实比哥伦布发现新大陆还要遥远和惊险。不知有多少次了，我与朋友在这里流连，时有讨论。有一次当我们安静下来，甚至发现了一只专注倾听的大鸟，它隐在枝叶间一动不动。这或许是两千年前的一个灵魂，是他们飞越时空的化身。我记得朋友先是一怔，接着响起喃喃诗声，连接了草木的一片窸窣。

在这样的时刻我们不能不又一次意识到，这种情与境在全球化的喧嚣中已近梦幻，它真的是太奢侈了。这种奢侈实在不可以独有。一种分享和转告的念头滋长起来，并在心底发出催促。我们知道，应该脚踏实地做点什么了。那种长期以来的理想和期盼正与此时心境暗合如一，让人把一个深长的激动悄悄隐藏下来。

多么静谧的林子，海浪都不忍打扰它了。

开筑了

修筑一座现代书院的心愿渐渐化为一张蓝图。书院不是研究所，也不是一般的学校。“书院”这两个字所包孕的精神和内容，或许只可意会。它在今天将是什么形象和气质，真得一个独自守持的人才能把握。当然，它不能奢华也不得张扬，只应安卧一角倾听天籁，与周边天色融为一体。静下时不由得问一句：自宋代风行的书院体制缘何由兴到衰，它宝贵的流脉直到今天不绝，其缘由又在哪里？

我知道，在一个角逐急遽同时又是极尽虚荣的时光，筹集巨资团结商贾筑起皇皇楼堂已不是难事。难的是始终敛住精神，收住心性。今天做事未必秘而不宣，却难得坦然自为。一切不仅是为了结自己的梦想，而是接续那个千年的梦想。一条港栾河波浪不宽，如何载得起这么多沉重，可见须得一点一点经营，一一堆积。首先学会拒绝，然后才有接纳。砖石事小，人脉为大，有一些质朴的精神，有一点求实的作为，这样才能有一个起码的开端。

我让善绘者一遍遍描叙轮廓，让专门家细心制定结构，又经历三番改动五次争论，终于有了个主意。我甚至想象，它该是顺河而下的船夫登岸歇息处，是造访林莽的远足借宿地，是深处的幽藏和远方的消息，是沉寂无言者的一方居所。朴素是不必说了，但要坚固得像个堡垒。古代书院并不高大，今天的书院也不应太隆。它要隐在林中空地上，伏下来静听河水和海声；每天到了午夜，它会有一个深长的呼吸与林海河流相通。不言而喻，它的身边还应有古树老藤，就是说它连系着原野上的一草一木。我对施工的人说：在这儿人是第一宝贵，树是第二宝贵。

万松浦书院。（田恩华　摄影）

开筑了，最初的日子颇为顺利，但地基深挖下去就遇到了古河淤泥，这就需要清泥填沙，需要打进粗长的水泥桩。还有尽力躲避空地林木的问题，因为一不小心就会碰折一棵树木。事至半截有野夫纠集一起，有零零散散的阻拦，这些当不出预料。有人出面化解鼎力相助，更是感激在心。总之同志们未敢懈怠，只盼早日成就起来才好。整个过程都有赖地方，他们守土有责，爱惜文物，拳拳之心令人铭记。七月大雨，冬月霜冻，施工者辛苦劳作，操持者多有勉励。

一砖一瓦都取舍再三，权衡难定。最后采用了京西山地层石做了瓦顶，南国粗砖做了围墙。一时见仁见智，褒贬纷纷。

筑起了

不管怎么说石瓦砖墙在绿树下闪闪烁烁，再加上地场开阔，真是令人目光一亮。它绝不似拟古之物，又不像摩登馆所，只与林河海野两相厮守。砖石事毕，剩下的事就是把周边整饬一番，把内里稍加装修。这一切当然还是力求朴素，以功能为先，要让人既安居又心定，于是尽可能放弃炫目扰神的饰物。现代的时髦累赘务必去掉，一味仿古的不伦不类也当力戒。总而言之有适当之形式，有合理之心情，能居能为，可迎可送，如此这般也就可以了。它绝不该是声名远播的辉煌庙堂之类，也不会有高僧在这里日夜诵经。这只是当今的人和事，是现代的一处藏书访学和研修之地。

古书院素有三大要务：一是讲学，二是积书，三是接待游学。今天三大要务需一一承续，但又不可强为，不可一味拘泥；一切或可量力而行，所谓的随缘成事；既有所发挥，又能够坚守根本。现代书院既未有先例，也就多了许多尝试的功夫。这一点我和朋友认识同一，只想从头做起。凡事不求广大，不追虚名，不恋热闹，不借威焰。有三四同道即可，有远方讯息则安。爱书籍爱思想爱自然，勤奋劳动，不打扰乡邻不增添俗腻，始终如一地做下去就好。

我和朋友一起制定了个公约：书院选址在此，就要爱惜此地自然，绝不能损伤一点动物林草；所有在书院做事营生者，都要做个体力劳动与脑力劳动相结合者，不得终日室内攻读或消闲懒散，而要每天于野外做工，所有劳务凡能自己动手绝不找别人帮助；最好每人学一份手艺，农事、木工、园林、装裱、陶艺，所学必得应用，并在应用中日见精密；无论做学问做日常功夫，都不必受时尚趋使；要心安勿躁，勤勉认真，崇尚真理。

书院建于此，不仅因为自然之诱惑，还借助人事之祥和，所以要人人自珍。书院大门上左书“和蔼”，右书“安静”；进入大厅右折进入接待室，则可见内悬匾额：“这里人人皆诗人”——由最初的平静温煦入门，待登堂入室，再感受一种热烈和浪漫。书院的最终，她的本质，仍还是一种执着求索的情怀。能够保护和持守这一情怀

万松浦书院外景。（田恩华　摄影）

图书馆阅览室。（田恩华 摄影）

的，当然首先还是一种自主自为的精神环境，一种与喧嚣稍有隔离的自然环境。这也许是现代生活中最为宝贵的。

终于说到她的命名了："万松浦书院"。其中的"万松"不难理解，因为地处两万亩松林；"浦"，是河的入海口。

中国历史上有许多书院。其中成名并流传的有三大书院，至今仍然运行的仅余一二。书院废弃的原因各种各样，比如人们马上会想到的兵火战乱之类。但细究起来还是人们面对野蛮，特别是面对庸常渐渐失去了坚持力。因为直接被大火烧掉或失于兵匪的，毕竟还是少数，而在绝望的岁月中慢慢坍塌冷落拆毁的，恐怕要占十之八九。

万松浦书院立起易，千百年后仍立则大不易。